中国管理科学丛书

Development Strategy of Management Sciences
—— "The 12th Five-Year Plan" Priority Funding Areas

管理科学发展战略
——暨管理科学"十二五"优先资助领域

国家自然科学基金委员会管理科学部 主编

科学出版社

北 京

内 容 简 介

本书是国家自然科学基金委员会管理科学部制定的"十二五"期间管理科学和优先资助领域的研究报告。本书深入分析了国内外管理科学及其各分支学科发展现状，对国内外研究状况进行了比较研究，对学科前沿领域及发展趋势进行了展望，分析了我国管理实践对管理科学的需求，明确了我国管理科学与各分支学科的发展优势与不足，确定了"十二五"期间管理科学的发展战略目标、指导思想，提出了国家自然科学基金委员会管理科学"十二五"资助政策与促进学科发展的保障措施等。

本书是国家自然科学基金委员会管理科学部在广泛调研、认真听取学界、政府部门和企业界众多专家意见的基础上，集中全国管理学界智慧，形成的具有科学性、前瞻性和战略性的管理科学发展指导性文献，也是国家自然科学基金委员会管理科学部"十二五"期间资助工作的指南性文件，对中国从事管理科学研究的研究者具有重要的指导和启示意义。

本书适合于从事管理科学(包括管理科学与工程、工商管理和公共管理等各个领域)的理论和实务研究工作的所有研究者，对申请国家自然科学基金管理科学项目的学者具有参考价值。

图书在版编目 (CIP) 数据

管理科学发展战略：暨管理科学"十二五"优先资助领域/国家自然科学基金委员会管理科学部主编 . —北京:科学出版社,2011
　(中国管理科学丛书)
　ISBN　978-7-03-031806-0

Ⅰ.①管…　Ⅱ.①国…　Ⅲ.①管理学-科学研究事业-发展战略-研究报告-中国　Ⅳ.①C93

中国版本图书馆 CIP 数据核字(2011)第 129409 号

责任编辑:马　跃 / 责任校对:张凤琴
责任印制:张克忠 / 封面设计:陈　敬

科学出版社 出版
北京东黄城根北街16号
邮政编码:100717
http://www.sciencep.com

双青印刷厂 印刷
科学出版社发行　各地新华书店经销

*

2011 年 7 月第　一　版　　开本:720×1000 1/16
2011 年 7 月第一次印刷　　印张:6 1/2
印数:1—4 000　　　　　　字数:70 000

定价:30.00
(如有印装质量问题,我社负责调换)

管理科学部"十二五"学科发展战略研究组织架构

（以下组织中的成员按姓氏拼音排序）

一、管理科学部专家咨询委员会

主　任：郭重庆

成　员：蔡　莉、何继善、李善同、陆佑楣、汪同三、
　　　　王礼恒、席酉民、徐伟宣、薛　澜、于景元

二、战略研究组

1. 战略研究组

组长：郭重庆

成员：陈国青、陈晓田、黄海军、贾建民、李一军、
　　　汪寿阳、王重鸣、魏一鸣、吴冲锋、吴世农、
　　　薛　澜、张　维

2. 秘书组

组　长：魏一鸣

副组长：张　维

成　员：陈　闯、韩智勇、何海燕、梁　正、吴晓晖、

熊　熊、姚　忠、张人千、张永杰、邹高峰

三、战略研究课题组

1. 管理科学与工程课题组

（1）课题组
组　　长：黄海军
副组长：刘作仪
成　　员：吴俊杰、徐贤浩、姚　忠、张人千、赵秋红
（2）咨询组
陈国青（信息管理）、陈晓红（决策支持系统）、高自友（运筹）、胡祥培（系统工程）、梁樑（供应链、评价）、马超群（金融工程）、吴冲锋（金融工程）

2. 工商管理课题组

（1）课题组
组　　长：吴世农
副组长：冯芷艳
成　　员：陈　闯、吴联生、吴晓晖
（2）咨询组
陈剑（物流与供应链管理/电子商务）、贾建民（市场营销）、李新春（创新、创业、中小企业管理）、毛基业（信息管理/电子商务）、唐立新（运作管理）、王重鸣（组织行为与人力资源）、武常岐（战略管理）

3. 宏观管理与政策课题组

(1) 课题组

组　　长：薛　澜

副组长：杨列勋

成　　员：何海燕、李应博、梁　正、王郅强、钟永光

(2) 咨询组

陈振明（公共管理与公共政策）、龚六堂（宏观经济管理）、姜克隽（资源环境政策）、孙久文（区域经济与城镇管理）、汪寿阳（宏观经济与政策研究、经济预测）、魏一鸣（能源战略、资源环境）、钟甫宁（农业经济管理）

序

根据国家自然科学基金委员会 2008 年党组扩大会议精神、国家自然科学基金委员会六届二次全委会的工作部署，管理科学部组织管理科学家自 2009 年开始，启动了"国家自然科学基金管理科学学科"十二五"发展战略与优先资助领域研究"工作。这次战略研究同中国科学院与国家自然科学基金委员会联合进行的"2011～2020 年我国管理科学学科发展战略研究"一道，旨在为我国管理科学领域未来的中长期发展奠定基础。

学科发展战略与优先资助领域遴选事关学科的未来，是一项高难度的研究工作。在管理科学部及其专家咨询委员会的领导下，战略研究组及各研究课题组的全体研究人员在这项工作过程中，始终坚持明确的战略研究指导思想和目标，坚持高远的战略立意，努力采用科学、合理的方法开展研究工作，以确保研究结论的正确性和可操作性。为此，全体研究人员在研究过程中、秘书组在报告的撰写工作中，都切实注意把握以下几个要点：

第一，充分认识国家科技发展规划对管理科学战略研究的指导作用，以国家需求为重点来推进学科前沿的发展。

2007 年党的十七大提出，要通过深入贯彻科学发展观来实现十六大所提出的全面建设小康社会的宏伟战略目标。为实现这一惠及中国十几亿人民的目标，2006 年国务院发布的《国家中长期科学和技术发展规划纲要 2006－2020》（以下简称《纲要》）就已经提出要通过增强自主创新能力、建设创新型国家的途径来完成我们的历史使命。作为国家最重要的基础研究促进机构，国家自然科学基金委员会始终把提高我国科学技术的创新能力作为自己的资助战略重点，并在"支持基础研究，坚持自由探索，发挥导向作用"的工作定位、"尊重科学、发扬民主、提倡竞争、促进合作、激励创新、引领未来"的工作方针基础上，进一步提出了"更加侧重基础、更加侧重前沿、更加侧重人才"作为今后一个时期的战略导向。为此，管理科学战略研究需要站在国家和科学基金整体发展的高度与视野下进行，认真贯彻国家科技发展的指导思想和《纲要》提出的总体方针，认真落实国家自然科学基金的各项方针政策。

与其他学科相比，管理科学研究的实践驱动特征更加明显，不仅中国改革开放 30 多年的经验积累为中国管理科学基础研究提供了丰富的素材，而且中国所取得的举世瞩目的发展使"中国议题"的成为国际管理科学界探索的科学前沿之一，更重要的是中国未来的发展需要我们探索深层次的管理科学规律。因此，管理科学研究具有天然地贴近国家需求的特征。管理科学战略研究工作自始至终注重和贯彻了这些思想与要求。

第二，充分认识管理科学战略研究的重要资助导向作用和地位，努力提高配置国家基础科学研究资源的效率和效果。

管理科学战略研究是制定国家自然科学基金"十二五"发展规划中涉及管理科学部分的基础性工作。战略研究成果要有助于正确地发挥科学基金的战略导向作用，有助于国家自然科学基金在今后一段时期高质、高效、科学和创新地开展管理科学资助工作。科学基金的战略规划和优先资助领域的遴选关乎到国家基础科学研究资金的战略性配置和研究导向，对于管理科学学科长远发展具有十分重要的引领作用。作为资助管理科学基础研究的主渠道，国家自然科学基金只有确定正确的发展战略和优先发展领域，才会使有限的科技资源发挥更充分的作用和效果。

纵观国际科学发展的规律和中国管理实践需求，我们提出"以实践问题导向（而不是通常的战略规划中按照学科领域导向）的思想来提炼和总结管理科学学科未来五年中的优先发展领域"的重要思路，并由此形成了具有显著交叉科学特征的四大优先领域群。同时，我们还特别针对中国管理科学基础研究在深入发展过程中提出的新问题，从项目类型创新（如"重点项目群"的新资助类型）、研究数据基础建设创新等角度，对于资助格局和模式提出了新的发展思路和途径，期望由此开辟中国管理科学研究的新疆界和高水平研究的新基础。

第三，充分认识管理科学战略研究的基础性、前瞻性与导向性，保证战略研究结果的全面型、正确性和权威性。

管理科学部十分注重这次管理科学战略研究体现出基

础性、前瞻性与导向性。根据国家自然科学基金委员会的"三个更加侧重"的资助工作新思路，管理科学战略研究提出，管理科学部所资助的管理科学研究在未来五年中要更加强调"顶天立地"的思想，努力从中国的管理实践中提炼更加基础的科学问题；要瞄准并在一些领域引领国际研究的前沿方向；要从研究领域、研究方法、研究文化等多个方面体现科学基金的战略导向和引领作用。

充分依靠科学家是国家自然科学基金的优良文化传统，也是战略研究结论具有广泛代表性、全面性的基本前提；用科学的方法进行战略研究，是研究结论正确性和权威性的根本保证。在研究课题组的组成上，通过三个由科学家领导的战略研究课题小组，系统地组织了海内外学者、学界和实践界、国家自然科学基金委员会内外专家上千人次的广泛和深度参与。在遴选优先资助领域的过程中，我们运用了文献调研、专家咨询（包括问卷、会议）、科学计量学分析、综合集成分析等科学的研究方法，并考虑了"学科发展需求"（含管理实践需求和学术发展需求两方面）、"学科发展基础"（含已有成果、项目和人才队伍基础等多方面）两个维度的基本因素。根据专家问卷和文献分析的结果，在认真考虑需求与基础均衡的基础上，确定了备选优先领域集合；进一步运用不同的结构化定量方法确定初始优先领域集合；在初始优先领域集合的基础上，结构化地参考专家意见，召开了许多次高层次专家研讨会，对该集合进行反复筛选与修订，形成最终推荐的优先领域。经过多次听取管理科学学科评审组专家意见和管理科学部专家咨询委员会专家讨论审定，最终在 2010 年

11 月国家自然科学基金委员会党组扩大会议上审议通过了"管理科学'十二五'发展战略研究报告",确定了"十二五"管理科学与各学科发展的优先资助领域以及跨科学部交叉优先资助方向。

自改革开放以来,我国管理科学走过了 30 多年辉煌的历程,得到了前所未有的高速发展。总结过去、引领未来,是这次战略研究的重要目的。时值"十二五"开局第一年,我们欣慰地看到,本次战略所确定的优先资助领域和新的资助模式已经在管理科学部的资助工作实践中开始发挥积极的作用。我们坚信,在"十二五"期间,本次战略研究的成果将进一步为我国管理科学的学科发展确定新的指导思想与前沿方向,促使科学基金更好地发挥导向作用,支持管理科学家围绕国家需求和科学前沿对管理科学问题(特别是具有中国特色的管理科学问题)进行深入研究,为进一步提升中国管理科学学科领域的自主创新能力和国际学术影响力、充分发挥管理科学在我国建设创新型国家和小康社会中的巨大作用、夯实我国管理科学研究在未来的学术发展基础作出贡献。

"国家自然科学基金管理科学'十二五'发展战略与优先资助领域研究"工作前后费时两年多时间完成。在此期间,管理科学部专家咨询委员会、战略研究组、战略研究课题组及其咨询组的全体专家(见本书中"管理科学部'十二五'发展规划研究组织架构")承担了主要的研究工作;许许多多接受咨询调研与参加战略研讨会的海内外专家、管理科学学科评审组专家也都为此付出了辛勤的劳动;特别是战略研究秘书组作为全部文字起草和修订的工作班子，为本书的最终完成和出版做了大量和卓有成效的工作，可以说，这一研究成果是中国管理科学界集体智慧的结晶。对本书的出版作出贡献的集体和个人书中不再一一署名致谢，管理科学部对海内外广大管理科学家为管理科学"十二五"发展战略与优先资助领域研究所做的工作和努力表示衷心感谢！

国家自然科学基金委员会管理科学部

2011 年 6 月

目　录

第1章
学科界定及其发展背景

1.1　学科界定及其研究规律和特点

管理是人类社会组织中一类重要的活动，管理研究的对象正是这类活动的规律。由于有人的参与，管理活动往往兼有两种属性[1]：既有在给定假设条件下具备一定普适性客观规律的特点（即管理的科学属性），又存在依赖于参与者个人经验和主观价值判断的不可重现特征（即管理的人文属性）。管理科学则主要是从科学属性的角度，应用符合科学规范的方法，探索管理活动的普适性客观规律。

1.1.1　管理科学的界定

管理科学以人类社会组织管理活动客观规律及其应用为研究对象，是一门跨自然科学、工程科学和社会科学的综合性交叉科学。

如前所述，管理是对有人参与的系统进行资源配置的活动。而管理研究则是力图通过各种方法，探索管理活动一般规律的研究。管理科学研究则突出强调运用科学范式对管理活动进行分析，以期获得管理活动中普适性规律的研究，具有基础研究的特征。中国管理科学学科的这种特征符合国家自然科学基金"支持基础研究、坚持自由探索、发挥导向作用"的战略定位。

出于科学研究管理工作的需要，国家自然科学基金委员会管理科学部下设管理科学与工程、工商管理和宏观管理与政策三个学科资助管理科学基础研究。管理科学与工程学科主要资助管理科学的基础理论、方法、工具与技术的研究；工商管理学科主要资助以工商企业及非营利组织为研究对象的微观管理理论、技术与方法的研究；宏观管理与政策学科是研究政府及相关公共部门为实现经济、政治、文化和社会发展目标，制定宏观政策和实施综合管理行为的学科群的总和。

1.1.2 管理科学的基本学术思想

与其他科学一样，管理科学的研究也追求"发现现象、解释现象"的目标，探讨大量存在于人类生产和服务活动中的特性、关系、规律及其影响因素，并通过对这些方面的掌握来寻求正确的管理决策。

管理科学的发展主要由管理实践驱动。现代基础研究的发展受"双力驱动"，既有来自科学系统自身不断拓展和深化的内部需求动力，也有来自经济社会发展需要的动力[2]。作为人类知识体系的一部分，管理科学解决的问题是从管理实践中抽象出来的科学问题，对此问题提出解决的方法和模式并加以检验，进而构成管理科学理论。与此同时，人类将管理学科研究成果所获得的普适性规律用于指导管理实践，提高管理效率。这种"实践—理论—再实践"的模式是管理科学的学科发展的重要途径。

　　管理科学的研究对象是有人参与的社会经济活动，包含了人的主动影响。在管理活动中，人的行为受到个体和群体的社会认知、社会态度、价值取向的影响，还受到经济、技术、制度、文化因素以及具体情境中大量不确定因素的制约，体现出"有限理性"的基本属性，导致人们在行为上并不总是追求"效用最大"，而是会根据对环境的认知和自己有限的思维，作出"让自己满意的选择"[3]。因此，在管理科学研究中，无论系统中人的因素是相对较少（如运作管理中的调度优化），还是相对较多（如金融管理中的定价），如果考虑了上述行为因素，分析的复杂程度将显著增大；而如果忽视了这些行为偏差，不考虑人的主观能动性，淡化了不同的人具有不同的世界观、价值观和兴趣、偏好等特点，对管理系统的分析又将缺乏完整性。另外，人与人的行为互动，也使得管理活动具有更大的复杂性和不确定性。因此，在研究管理活动的规律时，应当将行为作为研究的基础假设之一。

　　管理科学的研究结论具有有限的"普适性"，依赖于众多因素扭结而成的复杂前提假设（或者称为"情景"）。因为管理对象是有人参与的系统，人的决策行为除了受到人类本身复杂的心理因素影响外，还受到动态变化环境因素的影响。在管理实践中，由于组织的差异、组织成员的不同，管理工作所遇到的问题不完全一样，组织运行的环境（如社会、经济、文化、技术等条件）也存在无穷的变化，因而在管理的具体工作中不一定存在统一的模式、完全可复制的方法、唯一的结论[4]。这种情景依赖的特性，如同其他自然科学研究在条件与约束变化的情况下，其客观规律也将有新的变化一样，体现了管理科学研究严谨的科学属性。据此，管理科学理论在形成过程中会存在不同的假设和应用条件，在条件满足的情形下，能够作为方法层面的理论直接应用去解决问题；在实践中应用条件不具备的情况下，虽然不一定能直接地解决实践中的问题，但往往可以启迪人类提高管理活动效率的管理思想和理念。

1.1.3 管理科学的方法论和方法的演进

随着自然科学研究方法论的演进和人类管理活动中环境的变化，管理科学的研究方法论也在演化。在近代经验分析阶段，科学发展沿着还原论的方向和研究"简单"系统的思维模式，用分析、分解、还原的方法，不断把整体分解为部分，把高层次还原到低层次，揭示了大自然的许多奥秘，取得了巨大成就[5]。以科学管理理论问世为标志的现代管理科学，发轫之初即为典型还原论的方法论，即通过实验研究和动作研究方法，试图对拆分出来的影响工作效率的各个因素开展研究，达到提高个体工作效率的目的。迄今为止，还原论在管理科学研究过程中仍然处于主导地位。

随着人类对管理活动客观规律研究的进一步加深和社会、经济活动环境的变化，人们发现，管理活动的个体效率并不等同总体效率，人们对各个分系统的了解并不能导致对系统的整体了解，许多内容是不能从原来的要素中获得解释的，其中有复杂的作用机制。因此，研究方法论中考虑复杂性因素及其作用机理的整体论的指导思想开始出现。整体论认为自然界的事物是由各部分，或各种要素组成的，但各部分不是孤立的，而是一个有机整体[6]。整体论揭示了系统组成单元的相互作用（关系、连续）的规律，尤其是那些与单元的具体特征无关的规律。当前，随着经济社会发展的全球化和科学技术的发展，管理科学研究的方法论也在不断演进。在科学技术水平提高的情况下，管理科学研究者可以利用信息技术的强大功能高效率地整理、分析数据，进行建模计算，进而在更微观的层面上分析个人与社会组织的管理行为互相影响下表现出来的复杂性以及不确定性。同时，能够用过去所无法实施的实验手段和实验设备来探索管理规律，形成新的管理研究方法，以及用演化的思想和复杂性科学理论来描述微观个体行为所"涌现"的规律。

也应该看到，从方法论的角度，管理科学基础研究中的整体论与还原论并不是截然分开的，在具体的研究过程中，两类方法论是有交叉和相互隐含的。而高水平的研究成果，既要吸收整体论从整体上看问题的长处以及还原论深入分析的优点，也要注意克服它们各自的片面之处，需要将两者整合起来形成部分和整体、分析和综合相结合。

在这样的方法论演进过程中，如同其他学科的基础研究一样，管理科学研究的方法大致分成数理方法（如优化建模方法）、实证/观测方法（如提出假设，通过搜集现存实际数据或案例验证方法）、实验方法（如通过以真人为对象的实验室行为实验、神经心理实验方法）、计算方法（如高维数值计算、基于多 AGENT 的社会计算方法）。这些方法既有属于还原论的，也有属于整体论的，更有两者兼具的，显示出管理科学丰富多样的研究方法。

管理科学基础研究应用的主流方法，从早期的实验、实证/观测方法，到近期的数理以及计算方法，当前的趋势则是在研究方法中考虑了数理方法、实证、实验、计算方法的平衡，此发展过程体现了研究方法优度螺旋上升的趋势。目前，不同知识背景的学者构成管理科学领域中的研究群体，考虑不同管理活动中科学问题的特性，分别或综合地采用数理方法、实验、实证/观察、计算等科学方法、定性定量相结合与综合集成的方法，辅之以直觉/顿悟等思辨方法，在科学假说的提出、论证和推广的全过程中进行科学研究，这已经成为管理科学的主流研究模式。其中，20 世纪 80 年代兴起的复杂性科学为管理科学的研究开辟了新的视野，也体现了这一螺旋上升的趋势。复杂性科学研究，既考虑到了内部组元个体的还原论方法，也考虑到组织内部组元的相互作用而体现出来的整体性的特征。复杂性科学已在经济复杂系统、灾害管理复杂系统等研究中取得了重大进展。

1.2　管理科学的学科地位

同其他科学一样，管理科学肩负着认识客观世界和适应客观世界的双重任务。但与其他基础性科学研究不同的是，管理科学认识的对象是包含了人类行为的社会组织管理活动的客观规律。管理科学研究的这种特殊性决定了它在科学体系中具有独特的科学意义。

1.2.1　管理科学在科学体系中的战略地位

现代科学发展呈现出两种趋势，一种是综合交叉与融合，一种是学科细分与纵深发展。15 世纪下半叶，在文艺复兴运动的推动下，随着社会的进步及生产的发展，科学才逐渐分化为自然科学与社会科学两大部类，而每一类又逐渐分化为各门学科，这一过程直到 18 世纪才基本完成[7]。在这种背景下，与数学、物理学基础学科所不同的是，管理科学学科是一门以数学、经济学、心理学、信息科学与技术、系统科学等为基础的综合性交叉学科。例如在实际管理科学研究中，运用经济学的基本原理说明管理中组织的基本目标，运用心理学和组织行为学的知识解释组织中个人与组织的动机和行为，运用数学建模优化工具分析管理的基本规律。除此之外，信息科学与技术的发展为组织的运作提供了必要条件和沟通手段，系统科学的原理奠定了管理的逻辑系统。因此，管理科学始终是具有综合交叉特性的学科。

1.2.2　管理科学学科对科学发展的贡献

管理科学学科的发展提高了其他学科研究工作的效率。随着人类知识体系的丰富和深入，现代科学研究活动所面对的问题越来越复杂，需要多学科、多层级研究力量的共同投入才能完成。这些复杂的大科学研究活动本身也需要有效的管理才能够完成[8]。大科学研究与传统的研究相比较，其特点主要表现在投资强度大、多学科交叉、需要昂贵而复杂的实验设备、研究目标宏大等。有学者根据大型装置和项目目标将大科学研究分为两类。一类是需要巨额投资建造、运行和维护大型研究设施的具有工程特点的大科学研究，可以称为"大科学工程"，包括预研、设计、建设、运行、维护等一系列研究开发活动。这类大科学项目有国际空间站计划、欧洲核子研究中心的大型强子对撞机计划、Cassini 卫星探测计划、Gemini 望远镜计划等。大科学工程是科学技术高度发展的综合体现，是各国科技实力的重要标志。另一类是需要跨学科合作的大规模、大尺度的前沿性科学研究项目，通常围绕一个总体研究目标，由众多科学家有组织、有分工、有协作、相对分散地开展研究，这类的大科学项目有人类基因图谱研究、全球变化研究等[9]。管理科学学科在技术管理、组织理论等多个子学科方面的基础研究，将有助于提高这些科学研究的活动效率。比如美国的"曼哈顿计划"、中国的"两弹一星"计划都体现出了管理科学的这种推动作用。

管理科学学科的发展为其他自然科学提出了科学问题，进而推动了其他学科和相关技术的发展。管理科学的综合交叉性，从本质上决定了这个学科需要其他学科的理论与方法支撑，而这种需求必然会对其他学科的发展提出新的科学问题，进而促进这些学科的发展。例如，近年来迅速发展的金融管理研究就促进了应用数学新的分支学科——金融数学的产生与发展。以金融工程和金融数学两个学科的相互作用为例，金融管理中的衍生产品定价中大量涉及数学中的随机分析问题，基于根据将来的可能状态导向现在的金融衍生品定价需求，彭实戈院士在 1997 年提出了 g-期望以及条件 g-期望的概念，从而建立了动态非线性数学期望理论基础。这种不同学科之间的相互促进，不仅推动了学科自身的发展，也对相关学科的发展提出了新的问题。

管理科学学科发展为其他科学的发展提供了参考研究方法。在一些自然科学（如地学、生态科学等）中，其研究对象受到人类活动影响越来越大，一些科学问题的研究需要考虑到人的因素。管理科学本身是研究人类管理活动的规律，这就为其他学科在研究过程中如何考虑人类影响提供了可借鉴的思想、经验和方法。例如，生态学家从动植物进化的研究中发现，动植物进化结果在多数情况下都可以用博弈论的纳什均衡概念来解释。博弈论原本是在研究完全理性的人类互动行为时提出来的，在这里却为生态学家解释看似无理性可言的动植物的进化现象提供了理论基础。更有意思的是，在 20 世纪 70 年代，生态学家 J. Maynard Smith 和 G. R. Price 于 1973 年在 *The logic of animal conflict* 一文中结合生物进化论与经典博弈理论在研究生态演化现象的基础上提出了管理中的进化博弈理论的基本均衡概念——进化稳定策略（evolutionarily stable strategy，ESS），目前学术界普遍认为进化稳定策略概念的提出标志着进化博弈理论的诞生。在分析人类活动影响地理、气候等领域中，相关的自然科学领域的学者也借鉴了管理科学中的系统论、实证、实验等方面的成果和方法。因此，管理科学学科发展在科学问题构造、研究方法、数据获得等方面为其他自然科学进行涉及人类活动内容的研究提供了经验借鉴。

1.3　学科发展的时代背景及国家需求

社会经济管理活动变化和我国社会经济发展中出现的新情况，对管理科学研究提出了新的问题。

1.3.1　管理科学发展的时代背景

从 20 世纪中叶开始的世界新科技革命及其带来的重大发现、发明和广泛应用，推动了世界范围内生产力、生产方式、生活方式和经济社会发生了前所未有的巨大变化，同时也引起了全球生产要素流动和产业转移加快，利益格局、经济格局和安全格局都发生了变化。因此，作为管理科学的研究对象，人类管理活动也将随着经济社会环境的变化而出现新的问题，需要管理科学进一步结合这些环境基础和条件，进行客观规律的探索，对人类认知客观规律、推动科学技术和经济发展提出了新的要求。

1. 市场与资源配置的全球化

经济全球化是当今世界的基本特征，作为世界科技革命的产物和市场经济发展的结果，经济全球化已成为一种不可阻挡的历史潮流。正如英国著名经济学家约翰·邓宁教授所说，"除非有天灾人祸，经济活动的全球化不可逆转"。随着全球经济相互融合的加速，全球商品市场、资本市场越来越紧密地联系在一起。经济全球化是人类社会生产力的发展要求生产的国际关系与之相统一的新的发展阶段，表现为在全球市场范围内优化配置各种生产要素和产品（服务）。

经济全球化使得组织边界大大扩展，可以在世界范围内进行资源和市场的选择及配置，管理活动所运用的社会资源也充满了更多的不确定性，市场竞争也更为激烈。从这方面来说，现代管理理论也必须克服传统的静态思维模式，而着眼于通过有效的管理策略，在企业战略的协作与联盟、资本管理、文化和技术管理方面，全面考虑动态的世界范围内的市场竞争，实现特定组织面对国际竞争时的动态调整，从而通过创造动态比较优势，提升本国在全球价值链中的地位。

2. 信息传播的新型网络时代

互联网的迅猛发展为当代信息传播提供了一条崭新的途径，对传统的信息传播（电视、广播、报纸等）产生了强大的冲击，随着 Web 2.0 技术的不断发展，基于互联网的信息传播方式在时间、空间、传播效率上已经渐渐确立了明显的优势，并逐步挑战和改变了传统行业，以惊人的速度渗透到社会的各个方面，改变着人类信息传播的模式和社会经济活动行为。

信息传播能力的提高使得组织信息传播呈现双向、多极的特性，使得管理环境复杂多变，甚至处于临界状态，结果管理边界难以被准确描述和精确估计，从而给管理和决策带来很大的困难。具体地说，知识管理、产品及流程创新、新市场、小众营销、集体知识等新互动模式（从公司内扩充到公司间，伙伴与客户间的互动关系），不同于传统管理活动，强调参与及使用，而非事先定义结构。

3. 具有重大影响的突发事件频发

21 世纪以来，突发事件频繁发生，若从全球视野来看，突发事件似乎成了常态。2001 年美国世界贸易中心大楼发生"9.11"恐怖袭击事件，2003 年我国暴发了大规模"SARS"疫情，自此以来恐怖袭击和自然灾害便连续不断，如 2004 年印度洋海啸，2005 年全球性禽流感，2008 年我国南方雪灾、5.12 汶川大地震、三鹿毒奶粉事件、2008 年国际金融危机、全球性的甲型 H1N1 流感病毒蔓延等。这些具有重大影响的突发事件的领域和时空无限变化，危害性强、持续性长，对人类的精神意志伤害大。2008 INFORMS 年会提出的应用管理科学方法解决的议题包括全球气候变暖、能源独立、公平安全的投票机制、全球恐怖主义、国土安全、运输系统的延误、可支付得起的医疗保健等问题。

面对此情况，管理活动不仅要考虑各领域（医学、地学等）的领域知识，还需要考虑大规模、非常规性突发事件的管理策略与方法、应急机制、管理体制、管理组织等，这就对管理科学提出了新的挑战。

4. 生态文明观念被广泛接受

生态文明的崛起是一场涉及生产方式、生活方式和价值观念的世界性革命，是不可逆转的世界潮流，是人类社会继农业文明、工业文明后进行的一次新选择。生态文明观的核心是"人与自然协调发展"。生态文明是人类社会继原始文明、农业文明、工业文明后的新型文明形态。它以人与自然协调发展作为行为准则，建立健康有序的生态机制，实现经济、社会、自然环境的可持续发展。这种文明形态表现在物质、精神、政治等各个领域，体现人类取得的物质、精神、制度成果的总和。

生态文明不仅说明人类应该用更为文明而非野蛮的方式来对待大自然，而且在组织管理活动中的发展模式、文化价值观、生产方式、消费模式影响的产品性能、技术管理等方面体现出一种人与自然关系的崭新视角。

5. 企业社会责任的重新认识

在次贷危机发生后，全世界对企业的社会责任问题再次重新认识，认为企业作为社会公民，除了有股东利益最大化的目标外，还应当在社会责任上有所追求。从世界范围来看，跨国公司已经把履行社会责任提升到企业战略高度，把实施企业社会责任战略作为提升国际竞争力的重要手段。如今，美国约 60%、欧洲约 50% 的大公司设有专门的伦理机构和伦理主管，负责处理各种利益相关者对企业发生的不正当经营行为所提出的质疑。这些国家的政府也积极推动企业承担社会责任，纷纷颁布法律、法令等强制性手段对企业社会责任行为进行规范。2005 年以来，以壳牌、福特、微软、东芝为代表的一批跨国企业在华子公司完成了针对中国市场的企业社会责任报告。目前，我国也有越来越多的企业已经意识到企业履行社会责任对企业长期持续发展的战略意义和宝贵价值，并开始向公众披露其可持续发展报告或社会责任报告。

在全球社会物质积累的情况下，人类社会的精神状态也影响了管理活动，管理活动必将产生一些新的特征和问题，承担全球责任，践行节能环保，贡献商业文明，管理员工关系，最终实现企业、自然与社会的和谐发展已成为企业的主流。这些活动的有效进行都需要管理科学家从宏观管理和微观组织行为的角度加以考虑。

6. 创新驱动的经济和社会

人类经济发展经历了靠劳动、土地等要素驱动的农业经济时代以及依赖资本和化石资源的工业经济时代，目前正步入以知识和创新为基础的知识经济时代。现代经济发展理论表明，创新既是经济发展阶段提升与要素结构变化的必然结果，也是现代经济增长的重要特征。正如经济学家熊彼特所说，现代经济发展的根本动力不是资本和劳动力，而是创新。创新的关键就是知识和信息的生产、传播、使用。

继农业经济以土地、工业经济以资本和矿产为最重要的资源之后，创新驱动型经济使技术创新和创意、知识生产和人才资源作为经济资源获得了空前重要的战略地位，越来越多的组织开始认识到在创新驱动型经济时代，推动经济增长的主要因素不再是技术也不是信息，而是创意和创新。因此在管理营销，生产经营、合作等活动将使得管理活动因目标、手段以及管理理念等不同而具有新的规律。

7. 老龄社会的悄然迫近

第二次世界大战后，新生儿数量明显减少，人均寿命也从 1950 年的 44 岁上升到目前的 66 岁。这种双向发展使全球几乎所有国家的人口结构都趋于老龄化。据联合国有关规定，一个国家 65 岁以上的老年人在总人口中所占比例超过 7%，或 60 岁以上的人口超过 10%，便被称为"老年型"国家。除少数非洲国家外，现在几乎所有国家的人口结构都在趋于老龄化，这是由人口出生率逐年下降而平均寿命不断增加造成的。我国更是存在"未富先老"[①] 的问题。

这种全球的人口变化已经在各个方面对管理活动产生深刻的影响。人类社会的每一方面（经济、政治、文化、心理、精神等）都将产生变化。这些变化将直接影响到管理研究对象（即各类有人参与的系统）的特性。例如，老龄化对于宏观管理的社会保障系统、人力资源管理、智力资源开发、健康需求与健康产业、交通管理等管理活动方面，都会产生直接的影响。

1.3.2　管理科学发展的国家需求

未来，中国将向世界展现出更多的管理实践案例。在这种现实背景下，科学家的自由探索精神只有与这种历史使命感和责任感结合起来，才能够与领先我们很多的西方管理学者进行竞争与对话。这也决定了中国管理学科的发展必须建立在了解国家发展需求的基础之上，应该围绕中国本土管理实践与发展规律展开基础研究。

---

① 《2010 年第六次全国人口普查主要数据公报》统计结果显示，我国 60 岁及以上的老年人口已经达到 1.776 亿，占全国总人口的 13.26%，呈现出老龄化进程逐步加快的趋势，另外高龄老人、生活不能自理老人、空巢老人数量颇具规模。

1. 中国经济实力提高以及国际影响力的增强

经过 30 多年的发展，我国社会主义市场经济已经进入了一个新的阶段，国家经济正处在从世界经济链条的中低端向高端发展的关键时期。未来 5～10 年，中国的经济实力、科技实力、军事实力、国际政治地位都将有较大的提升。因此，在 21 世纪，作为一个负责任的大国，要求我国社会、经济以及科技的发展模式与结构能够作出相应的调整。例如，2009 年 12 月，在哥本哈根世界气候大会上，温家宝总理作出庄严承诺，中国政府确定减缓温室气体排放的目标是中国根据国情采取的自主行动，是对中国人民和全人类负责的，不附加任何条件，不与任何国家的减排目标挂钩。新的国际政治、经济影响和思维，意味着新的国家责任，这就使我国微观组织管理和宏观体系管理方面的策略、资金、技术、管理等将面临更大的挑战。

2. 跨入全球市场的企业竞争

总体上看，我国企业的管理水平不高，经济效益和企业管理水平亟待提高。相对《财富》世界 2000 家先进企业中位居 26 个行业前五位的企业而言，我国企业的整体状况是：赢利能力偏低，成长性偏低；即使一些赢利能力较高的企业，也主要分布在垄断行业。

中国企业中的先行者在这种背景下开始自己的全球化之旅。可以预见，未来 5～10 年，将会有更多中国企业利用中华民族复兴的历史机遇走向世界。由于全球化涉及企业经营目标、环境以及运营方式的全面改变，因此新的管理问题（将涉及包括战略管理、人力资源与组织行为、公司财务与金融、营销管理、运作管理等多个管理活动）会层出不穷。但是，由于全球化的背景、历史机遇以及企业国际化动机迥然不同，因此现有发达国家关于企业全球化的理论与经验在多大程度上能够帮助中国企业完成这一过程？中国企业的全球化经验能否给现有的全球化理论带来新的证据或有效的补充以及全新的理论知识？对于这些问题的回答都是中国管理科学面对未来的重要任务之一，同时也将为中国企业走向世界提供智力支持。

3. 建设安全稳定的和谐社会

维护社会的安全与稳定是我国和谐社会建设的重要任务和重要目标之一。建设安全稳定的和谐社会要求在人力资源管理中薪酬分配合理、贫富差距适当、公众的合法权益得到切实维护等。同时，在建设和谐社会过程中，还应解决好疏导公众情绪的问题。随着我国经济社会结构的深刻变化以及信息网络化的迅速发展，影响公众思想和行为的因素越来越复杂多样。在新形势下，必须不断分析和创新适合新时代特点的危机管理思路和方法，切实提高公众情绪分析与引导水平。因此，在对管理规律的研究中，需要根据上述要求来考虑新的管理活动目标、约束条件和管理及方式手段的选择等基础性问题，以妥善协调不同阶层、不同群体的利益，最大限度地整合社会关系。

4. 政府管理职能转变的需求

在经济全球化和一体化日趋深入发展的背景下，以跨国企业为代表的国际竞争逐步演变为国家间市场、企业、政府、资源等全方位的竞争。政府不再是传统意义上国际竞争的支持后台，而是直接走上了国际竞争的前沿舞台。政府作为资源配置的最重要的主体之一，其竞争力已经成为决定国家竞争力的重要因素。而政府竞争力又直接取决于其在资源配置中的管理能力和效率。同时，我国深入的经济和政治体制改革，又从另一方面要求政府在提供公共服务方面应当有新的机制，需要政府机构与正在逐步发展的社会公共组织相互协调，并使制定公共政策的过程和机制更加透明、民主和科学。在此背景下，宏观管理活动中如何完善我国政府管理体制、确保政府公共服务职能的高效？微观管理中企业和社会组织应当如何适应政府职能转变的新的环境？这些已经成为摆在中国管理科学家面前的重要问题，同时也成为推动具有中国特色的管理研究的动力。当前经济与社会发展有失均衡，社会建设相对滞后，社会创新和社会管理已被中央提上议事日程。加强和创新社会管理是解决当前影响社会和谐稳定问题的突破口，这在客观上要求我们必须深刻认识和准确把握社会管理规律，这将为中国管理学界提供一个新的学术机遇，并作出历史性的贡献。

5. 经济转轨和经济增长新模式的探索

随着改革开放的不断深入，中国社会的发展模式和运行机制发生了重大转变。当前，中国的改革正进一步深化，在取得举世瞩目的成就和发展基础的同时，许多深层矛盾也正在出现，在国际上没有成功模式可以借鉴的情况下，中国必须根据自己的国情，解决好经济增长与社会公平、人口与资源的矛盾、城乡和地区差距等问题，把握好未来几十年的重要战略机遇期，走出具有中国特色的发展道路，这在客观上要求必须发展有中国特色的管理科学理论和方法体系。

同时，在全球化的背景下，中国产业升级与企业增长方式的转变，将会对世界产业分工以及企业竞争格局产生深远影响。对于这种带有中国因素的企业转型，一些西方学者已经开始关注并进行了很多的研究。可以预见，伴随着中国企业的转型成功，中国企业将会成为世界理论界研究的焦点。由于中国学者对于这一过程的观察有着不可替代的作用，因此中国学者有责任就这一时期中国企业的管理实践提供更为深刻的理论解释，为世界管理问题的解决作出应有的贡献。

第2章
学科研究现状和动态

2.1 学科研究现状

2.1.1 学科研究发展态势

1. 新的研究对象和内容不断出现，研究广度和深度不断增加

经济全球化、信息化、知识化的迅猛趋势以及多元文化的深刻影响，使人类管理活动本身在 21 世纪初叶凸现出新的特征：管理的基本观念不断创新，人类管理活动的空间进一步扩大，管理活动涉及的因素数量快速增加，实施组织管理活动的手段发生了新的变化。

这些新的时代特征，催生了新研究领域的出现，例如，伴随信息技术的发展和对客户个性化需求重视度的日益提升，服务科学诞生为管理科学中的一个全新研究领域，并日益成为国际上学者们关注的重要领域。这些新的时代特征，也使管理科学研究的广度和深度不断增加。例如，从总量上来看，无论是国际上还是国内，在过去五年中，管理科学学术论文均保持年均 10% 左右的增长水平。作为研究深度的一个指标，管理科学重要学术期刊的影响因子都有较大幅度提高（如 *Management Science* 和

Operations Research 的影响因子分别从五年前的 1.934 和 0.803 增加到 2009 年的 2.227 和 1.576）。

2. 研究假设和对象发生了深刻变化

随着组织乃至个人所处的社会经济环境的巨大改变，人类行为因素在复杂管理环境中的影响日益显著，这给组织管理模式带来变革性影响。2008 年的美国次贷危机及其引发的全球性金融危机促使人们对许多原有管理理论进行深刻反思和重构，同时也产生了后危机时代亟待探索的新的管理问题。这些变革使得管理科学研究的一些基本假设和关注的许多内容都发生着深刻的变化。

信息技术为不同层次的社会组织的管理活动提供了全新的视野、全新的工具和更加广泛的管理空间，进而为管理科学提供了全新的科学研究内容（诸如基于行为的信息系统研究、随机网络与决策模型、虚拟企业的网络治理、基于信息技术的企业创新机制设计等）。这次波及全球的金融危机及其后果促使学界将更多的关注投向复杂衍生产品风险管理的基础问题、金融体系的风险治理、金融复杂性和脆弱性等方面。

在微观管理领域，经济活动的全球化使企业能够在更为广泛的范围内配置资源；后危机时代经济脆弱性凸显，企业经营管理活动的风险加剧；市场竞争日趋激烈，需求偏好日益多样，企业/组织竞争的焦点也逐渐由产品、技术等硬件转移到战略、知识、信息和服务等软因素上。因此，企业管理理论正在发生深刻的变化，例如，伴随企业重组革命而出现精细生产、敏捷制造、并行工程及其管理思维；运作和战略管理向柔性发展；虚拟企业和虚拟组织不断涌现；合作竞争日益被企业所接受；服务管理日趋重要等。

在宏观管理领域，社会关注与研究的重点从经济管理转向公共管理，人们更多地关注中国转型期社会发展、协调发展和可持续发展所面临的种种挑战；研究政府与其他公共管理部门在制定公共政策、提供公共服务、实施社会管理、构建和谐社会等方面所急需解决的理论与实践问题；人口、资源和环境协调发展与管理的研究也朝向更深、更广的方向展开。

3. 研究视角和研究手段出现了新的变化

信息技术、心理学、神经科学等学科的发展为管理科学家们提供了能够以更加精细的眼光来观察社会组织复杂管理行为的工具，使他们能够通过过去无法实施的实验（如 human-subject 的实验、计算实验、脑神经科学的实验等）手段来探索管理理论。例如，神经管理研究为研究者提供了较行为层次更为"微观的"神经层次的研究基础；复杂网络的计算模拟则为研究者认识其规律提供了更为丰富的手段。

与此同时，"行为"成为近五年来管理科学研究的重要视角与方法上的特征标志。行为视角的研究提出人类决策具有"有限理性"的特征，而不是如传统效用和决策理论所认为的"完全理性"。在管理科学的若干领域中，行为研究已经促成重要新兴前沿理论。行为金融、行为决策、行为运作等研究对传统的理论提出了有力的挑战；基于行为的供应链管理、社会经济转型中的组织变革与发展等领域也逐渐显现出研究的热度。

另外，在运用复杂性科学方法解决管理问题方面，新的进展不断产生，这为管理科学研究提供了新的视角和工具。20 世纪 80 年代兴起的复杂性科学理论为管理科学的研究开辟了新的领域，即运用复杂性科学的原理与方法从组织内部各组元的相互作用及组织与环境的相互作用中寻找组织发展进化的动因及规律，以使组织能适应社会、经济及科技的迅速发展而取得良好的绩效。近几年来，国内外已在经济复杂系统、灾害管理复杂系统等领域的研究中取得了重大进展。

4. 学科交叉特征进一步凸显

一方面，随着人类组织的复杂程度的提高（如经济全球化和文化多元化的趋势不断加强），管理活动中所涉及的因素及其类型也越来越复杂，这就需要管理科学家将研究的视野放宽到更多更广的学科领域，进而使自然科学、工程技术科学、人文社会科学间的相互渗透、交叉与融合不断加强。

另一方面，作为一门综合性交叉科学，管理科学从其他各个科学领域不断细化的理论成果中汲取丰富营养，将那些科学领域对事物客观规律的深刻认识与研究方法作为探索管理活动规律的重要基础，进而推动了管理科学自身的发展。

例如，信息科学中的计算实验理论和技术为研究复杂管理系统的规律提供了新的认识论、方法论以及建模分析方法，使人们对由众多具有适应性个体交互而形成的复杂社会、经济系统的规律性探索有了突破性新途径。又如，认知科学和神经生理学理论和技术的进展，使我们能够进一步从更加微观的层面理解人类决策行为的影响因素，从而可能更加全面地表达决策模型。再如，对于气候变化的研究成果，使得从更大的空间范围和更长的时间尺度上研究土地利用的变迁演化成为可能，进而对人类社会的城市化演进、产业结构演化规律给予更加深刻的认识。

同时，自然科学的其他学科与管理科学之间的综合与交叉融合也加快了科学发现的实际应用，使之显现出更大的社会价值。例如，2009 年世界水日的主题已经关注"从水资源到水管理"的研究，突破了传统的研究范畴；火灾、工程灾害中的安全等问题已经更多地的从单纯技术层面转向技术与管理并重的综合性问题为导向的研究。在2011 年教育部新公布的专业目录中，"安全科学与工程"已经形成了一个综合性的一级学科；在国家自然科学基金八个学部的申请代码中，除了化学科学部目前尚无与管理科学相关的代码以外，其余科学部均有与管理科学密切相关的代码（如经济数学与金融数学 A011402、农业系统工程 C130105、区域可持续发展 D0112、水资源分析与管理 E090104、森林经理学 C1608、社会经济系统分析与计算机模拟 F030206、管理与决策支持系统的理论与技术 F030207 等）。

5. 具有中国特色的重要管理科学问题日益受到关注

中国的历史文化积淀、经济的转轨和社会变革，使得中国管理实践活动在符合前述的全球性特征之外又独具特点，即以市场经济作为基本的经济改革目标，这种经济转轨使整个社会资源配置的决策模式、社会治理结构乃至整个社会文化都产生了重要变化。与经济高速增长相应的巨额资源消耗，使经济结构和增长方式的转变成为必然。这些变化使得 21 世纪人类组织的管理活动变得更加复杂，进而对管理科学产生直接影响。随着中国国际地位和国际事务参与度的提高，以中国管理实践为背景和对象开展的管理科学研究逐渐为国际学术界所关注。

2.1.2　学科研究热点

企业经营国际化和全球化导致资本、人才、技术、信息、市场、商品和服务在全球范围内流动，各国间的经济、政治与文化的联系不断加强，这使得管理实践的复杂程度迅速增大、不确定性增强。在此背景下，基于行为的管理（行为金融、行为财务、行为营销、行为决策等）、金融工程、风险管理和金融生态、公司治理、会计和审计、非营利组织管理、战略管理、市场营销、技术创新对经济系统的影响等方面的研究在过去五年中成为管理科学研究的热点。

由于近年来计算机科学、网络技术发展极其迅速，新的信息技术（如 Web2.0 等）的出现带来一系列的相关管理问题，信息管理领域研究依然是管理科学关注的热点之一。在新的信息技术的推动和影响下，决策理论与方法、工业工程、供应链管理、运作管理、项目管理、商务智能、服务管理等也是过去五年中国际上研究较多的领域。

人口结构变化、健康、老龄化等问题对经济社会的影响日益紧迫和显著，因此教育管理、公共安全管理、卫生政策与管理、人力资源管理、社会保障管理等正在逐渐成为管理科学研究的热点。

与此同时，伴随着资源、环境对人类社会产生的长期影响的不断显现，环境规制以及生态资本、农业经济管理、资源环境与可持续发展管理等方面的研究在国际上也一直保持较高的"热度"。

此外，上述热点在科学发展和方法方面的要求又推动了管理中的运筹与优化方法、公共管理一般理论等领域研究的进一步深入发展。

2.1.3 中国的研究现状：国际比较的视角

过去五年中，国内管理科学的研究热点与国际上是大致一致的，如金融工程与风险管理、管理中的运筹与优化方法、企业信息管理、市场营销、战略管理、物流与供应链管理、非营利组织管理、项目管理、创业与中小企业管理以及资源环境与可持续发展管理等领域。但是，通过文献统计看到，国内的研究关注表现出不同的特征。

首先，对信息技术与管理、知识管理和服务科学等领域关注不够。近五年来，国内这两个领域的论文数量呈现负增长，与国际上相关领域论文数量稳定增长的趋势不一致。产生该现象的原因可归结为两方面。一方面，2000年前后知识管理领域异常火热，同时结合信息技术的管理研究论文也很多，但具有实质性影响的较少，造成了该领域的研究结果负增长。另一方面，国内一些相关团队的研究已经接近或达到国际水平，较大幅度地减少了在国内发表论文的数量。在成熟市场国家，服务业的发展水平较我国更高，服务科学研究也成为重要的国际热点，但国内这方面的管理实践与认识水平总体上还处于较初级的阶段，相应的研究关注度也较低。

其次，部分领域的研究范式与国际具有一定差别。如在企业管理科学基础理论领域，国际学术界长期以来十分重视企业管理科学基础理论的研究，机制设计等方面基础理论的成熟进一步推进了企业管理理论的研究，使其在近五年得到较大的发展；相比之下，国内这方面的研究还很不足，相应的研究成果无论是研究数量上还是研究范式上，与国际上相比还有很大差距。再如在人力资源管理领域，虽然国内外都比较重视人力资源管理的研究，但国外已经形成了比较规范的研究范式，其研究比国内更加成熟，从事该领域研究的人员也较多。

最后，一些领域的研究比较贴近国内背景。如在公共管理和宏观管理领域，以我国实际国情和管理问题为背景开展的研究，是国内特有的热点领域，而国际上则相对关注较少。例如，以我国管理实践特点为背景的城镇与区域发展管理、农业与农村问题等领域的研究。

2.2　学科领域的国内人才队伍和资助格局

2.2.1　国内管理科学基础研究人才队伍

管理科学与工程学科是我国管理科学发展最早的一个

分支，其研究队伍最早主要由具有系统科学/工程、控制理论、数学等学科背景的研究人员组成。随着管理科学的学科建设的逐步成熟和科学研究的发展，该学科的研究队伍和实力稳步增长。以国家自然科学基金面上项目的申请为例，2006～2010 年，申请量平均年增长率均为 10％以上。目前，我国管理科学与工程学科的研究力量主要集中在重点大学的管理学院和包括中国科学院部分研究所在内的有影响的研究机构[10]。

高校和研究所亦集中了我国开展工商管理基础性研究的主要力量。通过十多年来的发展，近年来我国工商管理学科的师资队伍逐步壮大（如 MBA 招生院校从"十一五"初的 83 所增长到"十一五"末的 127 所），高水平的商学院或管理学院培养了一大批学术能力较强、有一定实践经验的师资力量。这些师资力量成为我国工商管理学科研究的主体，并正在形成一批富于创新的学术团队。2006～2010年，国家自然科学基金委员会工商管理学科受理的国家自然科学基金面上项目的申请数量以平均每年25％左右的速率增长。

我国宏观管理与政策学科的研究力量主要集中在高等院校、中国科学院、国家宏观决策及其综合研究部门、中国社会科学院、中央党校、国家行政学院、军队相关研究部门等机构。总体来看，高校和研究机构依然是我国开展宏观管理与政策学科基础性研究的中坚力量。经过近十年的发展，我国宏观管理与政策学科高等教育的师资规模迅速发展（如目前全国已有超过 100 所院校开设 MPA 学位教育），为全国培养和输送了大批宏观管理与政策相关领域的专业人才。同时，为国家培养了一批学术能力较强、实践经验较丰富的师资力量，并正在形成一批富于创新性的学术团队[11]。

另外，对国家自然科学基金项目的申请和资助情况进行统计分析，可以看出我国管理科学基础研究人才队伍呈现如下特征：首先，我国管理科学基础研究队伍的年轻化趋势不断发展（如国家自然科学基金委员会管理科学部面上、青年、地区三类项目申请中，56 岁以上的申请者所占比例由 1999 年的 16.64% 下降至 2010 年的 3.65%，而 35 岁以下的申请者所占比例由 1999 年的 21.25% 上升至 2010 年的 35.46%。）；其次，申请人与项目主持人的高学历化趋势日益明显，尤其是具有博士学位的青年科研工作者逐步成为项目申请与研究的主力（国家自然科学基金委员会管理科学部面上、青年、地区三类项目申请人中，具有博士学位的人员比例由 1999 年的 39.16% 升至 2010 年的 80.28%）；最后，参与管理科学基金项目研究的科研人员数量迅速增加（从 1999 年的 1118 人增加至 2010 年的 8361 人）。

2.2.2　资助格局

我国管理科学的资助主要来源于国家自然科学基金项目、国家软科学研究计划、国务院各部委（包括国家发展和改革委员会、教育部、科学技术部等部门）的基金与经费，地方政府、企事业单位的基金与经费，以及国际组织与国外科学基金的资助与合作经费。总体来看，管理科学基础研究的资助主渠道是国家自然科学基金项目，教育部的有关项目也有少量资助。管理科学的应用性和政策性研究主要受助于国家软科学研究计划、国务院各部委（包括国家发展和改革委员会、教育部、科学技术部等）、国家社会科学基金项目等，地方政府的基金与专项经费、国际组织与国外科学基金也有少部分资助。而有针对性的管理咨询研究则更多地得到企事业单位的资助。

在 2009 年之前，国家社会科学基金没有设置管理科学学科来专门资助管理科学研究项目，仅在政治学、应用经济学等学科门类下资助了很少量的、与管理相关的研究；2010 年国家社会科学基金首次设立"管理学"分类，但根据其指南的陈述，主要资助具有明显应用性的管理研究。国家软科学研究计划除软科学理论与方法研究具有一定的基础研究特点之外，其余大多属于宏观与公共政策性研究范畴。国家各部委和各省市级政府机构则主要资助政策性研究。国际资助与合作资助的项目和经费均有限。而企业界所资助的则主要是工商管理领域的咨询研究[12]。

管理科学与工程学科和工商管理学科基础研究的资助经费基本上来自于国家自然科学基金项目和教育部；宏观管理与政策学科基础研究的资助经费主要来源于国家自然科学基金，其他来源包括国家社会科学基金项目（但其指南中指出："申报国家社会科学基金项目，要着力研究阐释中央提出的一系列重大理论观点、重大战略思想和重大工作部署"，故其对自由探索性质的基础研究资助不多）、国家软科学研究计划（其指南中要求申报项目"围绕国家中心任务，组织开展有关科技、经济和社会发展的重大战略问题研究，为决策提供参考与支撑"，绝大部分经费支持的项目是应用和政策研究，仅在"面上项目——软科学理论与方法研究"目录中支持少量的自由探索研究）等，这些渠道仅提供较少的资助。除了国家层面的资助之外，部分地方性软科学计划、地方自然科学基金项目和社会科学基金项目都不以资助管理科学基础研究为主（如个别省级科学技术委员会或科学技术厅在管理科学方向上设有自然科学基金资助项目，但其资助对象主要还是与当地经济发展相关的政策和应用性研究）。

2.3　研究积累和重要成绩

2.3.1　整体水平明显提升，一些领域具有国际影响

在国家自然科学基金的资助下，我国管理科学的整体研究水平得到了明显提高，同时，在一些研究领域（如不确定性、知识管理）取得了重要进展，并获得了具有国际水准的研究成果。在不确定性决策理论与方法研究领域，我国学者对不确定性决策的基本理论与方法进行了深入研究，获得了一批具有国际影响的研究成果，在"十一五"规划期间以国内大学学者署名的学术论文已有多篇发表于该领域 *Management Science*、*Operations Research* 等顶级学术期刊上，表明我国的研究水平逐步接近或者到达国际水平；在宏观管理与政策领域，我国学者基于中国管理实践的研究开始获得国际认可，在过去五年中，分别有论文

发表于 *Science* 和 *Nature* 上，并被多次引用；在数量经济理论与方法领域，我国学者在投入占用产出模型等方面取得了重要进展，研究成果获得了国际同行的关注和好评，其中一些获得了国际上相关领域的重要奖项；一些在我国起步较晚、研究基础比较薄弱的领域，如工业工程、金融工程等，其研究水平大幅提高，在国外高水平顶级期刊（如 *Journal of Finance*、*Journal of Financial Economics* 等）上也开始发表论文[13]。

2.3.2 管理科学研究环境日益改善

过去五年中，随着国家对科学研究方面投入的迅速增长，管理科学的一些基础研究环境得到明显改善，信息的获取渠道（如论文库、报刊与资料库等）逐步完善，在一些领域（如金融工程等），研究者已经可以借助商业化运营的数据库开展科学探索，主要的研究型高校和科研机构大多具备了开展研究工作的基本硬条件（如计算设备、软件、教师研究室等）。各高校和科研机构对研究的评价机制也在逐步改善，考核机制逐步开始减弱单纯的数量要求，更加重视对研究成果的质量上的引导，在一定程度上鼓励国内外合作模式。

管理科学的研究不仅需要优良的实验设备、设施和工作条件，由于其具有非常强的实践性，因此，特别需要外部管理实践环境为其提供良好的发展土壤。"十一五"规划期间，管理科学研究的实践环境不断得到改善，社会对学科的认可度正在提高，需求也日渐旺盛，管理科学的很多理论、方法以及在这些研究基础上所提出的政策建议越来越受到政府、企业和社会各界的关注并付诸实践，并发挥着日益重要的作用。

2.3.3　国际合作不断深化

科学研究的国际化是当代基础研究的鲜明时代特征之一。在科学基金的资助下，我国管理科学领域研究的国际合作与交流呈现出持续、实效和多样性的发展态势。"十一五"规划期间，国家自然科学基金委员会与美国国家自然科学基金、英国爱丁堡皇家学会、英国社会科学研究理事会等国家级科学基金组织在管理科学的各个研究领域，如电子政务、社会动力学、教育管理等领域启动了联合资助等实质性合作；另外，随着我国国际地位和影响力的迅速提升，关注中国的管理科学研究问题的国际学者也越来越多，在此基础上进一步拓宽和发展了与学术性国际组织之间的合作渠道。在管理科学领域，2000 年以来，国家自然科学基金委员会管理科学部以合作研究、在华召开国际学术会议、留学人员短期回国讲学、研究方法和前沿暑期班等各种国际合作与交流项目类型为依托，累计支持了二百余项国际合作与交流活动，支持了若干项重大实质性国际合作研究项目和若干双边协议合作研究项目，试点支持了若干名国外优秀科学家来华开展长期合作研究工作。良好的国际合作环境促进了我国管理科学研究国际地位的迅速提升。

随着中国的不断强大和在国际上的影响力与话语权的加重，很多国外学者、政府要员和国际组织的人员都越来越对中国问题感兴趣，他们也迫切希望了解中国成功发展的路径和模式。因此，国内学术界在国际合作方面开展了一系列研究课题，并在若干领域和问题上（如资源环境政策与管理领域、投入产出研究领域、国民经济核算领域、开放式创新领域的研究等）合作发表了一系列高水平文章。

2.3.4 实施"大科学"计划，引领重点领域跨越发展

"十一五"规划期间，在"有限目标、稳定支持、集成升华、跨越发展"的总体思路下，管理科学部实施了若干重大科学计划解决管理科学某些领域的关键问题，推动管理学科的发展，培养相关领域的创新型研究队伍，从而引领管理科学重点研究领域实现跨域发展。另外，通过"双清论坛"逐步凝练出一批备选的重要研究领域，为新的大科学计划的提出进行储备。

2009 年启动的"非常规突发事件应急管理研究"重大研究计划，其主要目标在于：在非常规突发事件的特殊约束条件下，通过对相关多学科的观测、实验和理论创新与综合集成，形成对非常规突发事件应急管理的核心环节（监测预警与应对决策）的客观规律的深刻科学认识，并提供科学方法；构建"情景-应对"型非常规突发事件应急管理的理论体系，增强应急管理科技的自主创新能力；提高国家应急管理体系（包括应急平台/预案体系）的科学性，为国家科学、高效、有序应对非常规突发事件提供决策参考；构建应急管理交叉学科，培养应急管理创新型人才，在国际应急管理科学领域居于重要地位。

2008 年获准立项的"新兴电子商务重大基础问题与关键技术研究"重大项目的核心目标旨在围绕移动性、虚拟性、个性化、极端数据、社会性等新特征，探索新兴电子商务参与者行为规律、微观市场机制与商务模式、商务智能与知识管理、社会计算实验等一系列重大科学问题和关键技术。

2010 年获准立项的"网络环境下的服务运作管理"重大项目则旨在解决这一前沿领域中的若干关键科学和技术问题，从而促进相关学科领域的发展，建设一支高水平的研究队伍，提升我国服务运作管理乃至管理科学的研究水平。该项目计划以智能电网、医疗服务和快递服务等相关典型网络化服务为实践案例，以提升我国在全球服务业中的竞争力为实践导向目标，通过研究网络环境下服务系统参与者的行为和交互规律及服务模式创新规律，提出新型服务设计理论，发展服务产品定价的理论和方法，进而完善网络环境下服务系统运营优化与协调、资源动态配置的理论和技术，提升网络环境下服务系统的绩效评价与质量管理技术。

2.4　存在问题与制约因素

近 30 年来（特别是在"十一五"规划期间），我国管理科学取得了长足的进步，已经初步走过了引进国外知识、快速发展的阶段，进入了完善与知识创新、并结合中国实际建立理论体系发展的阶段。目前，我国管理科学领域正处于战略转型的关键发展时期。过去我国管理学者的研究成果很少发表在国际顶级刊物上现在这种情况正在有所改变，少数学科方向在国际上已经产生一定的影响，发表在国际期刊的论文质量和数量开始出现良好增长势头，与国外研究的距离正在开始逐步缩短。与相关的学科相比，管理科学的发展速度较快，研究的问题和范式显现出一定特色并逐步为国际学术界认同。这些成果的取得，是与国家自然科学基金项目的资助和导向分不开的[14]。

但是，在取得成就的同时，我国管理科学在发展中依然存在着一些重要问题与制约因素亟待解决和突破。

1. 研究力量的结构性失衡问题逐步呈现

从数量上看，近年来管理科学学科研究人员的数量快速增加，且研究队伍的整体水平有显著提升，高等院校、企业、政府和社会各界都认识到管理科学学科的研究和发展具有重要的现实意义和应用价值。但是，随着研究力量的不断加强，结构性问题却逐步成为制约管理科学进一步发展的主要制约因素之一，我国还没有形成一支结构合理、规模适中、素质优良的管理科学研究队伍。这表现在两个层面，一是高等院校、咨询机构与企业三种研究力量的不均衡；二是研究队伍中，高水平人才队伍、大师级的高端创新型人才和领军人物数量不足。

相对于国外已经形成的高等院校、咨询机构与企业三种研究力量之间相互分工与支撑的局面，我国管理研究活动过分依赖于高等院校与国家科研院所，使得研究体系内部在研究的层次上缺乏必要的分工，从而使得本应从事管理科学基础研究的人员需要花费相当多的精力和时间于应用性甚至咨询性管理研究，最终导致效率低下；同时，这种现象也使得学术评价体系混淆，挫伤了研究人员的积极性。

管理学科的发展离不开高素质的研究团队。近些年来，学科在研究人才和创新型团队的培养方面取得了较大的进展。但总体来讲，国内管理学科缺乏高层次人才，特别是在国际上有较高知名度的、大师级的、高端创新型人才以及前沿领域的领军人物数量较少，而为数不多的高端人才又集中在少数几所高校和科研机构里，不少研究团队缺乏高端人才的引领。同时，从事管理学科研究的教师和研究人员基本是"从高校到高校"，发展路径单一，缺乏足够的实践体验机会，这也是造成管理学科研究人员的创新性和实践性不足、缺乏培养大师级人才环境的原因。此外，人才的评价体制过分关注某些刻板的指标，甚至部分高校教师的各项福利待遇、职称晋升全部与这些指标挂钩，这非常不利于人才梯队的形成，尤其是创新型高端人才的培养。

另外，不同分支学科的队伍发展也不平衡。目前，我国管理科学下的一些学科（如供应链与物流管理、交通管理）已经在国际上占有一定的地位，但还有很多学科研究力量还很薄弱。学科的发展不均衡是研究力量较弱的又一表现形式。

2. 管理理论的研究与中国管理实践的结合需要进一步加强

管理科学是实践性很强的科学，但这并不意味着管理理论与管理实践的结合能够自动实现。恰恰相反，与其他职业项目一样，商学院在进行知识生产的社会系统与从事实践的社会系统之间存在着必然的鸿沟。

我国管理科学研究还滞后于我国管理实践的发展，在微观与宏观管理等方面都存在着对一些重要的管理实践问题缺乏及时的关注，超前意识不足的问题。在及时关注现实问题、切实提出解决方案、扎实总结成功经验方面，我国的管理科学界依然存在着较大的改进空间。

管理科学的学术研究缺少足够的横向需求支撑，大多来自于强势的纵向导向，研究成果较难应用于实践；研究部门（特别是高等学校）与实践部门之间的联系较少，缺乏有效互动，从而致使企业界和管理实践者对学术界的信任与需求也不足。一些研究既没有抓住管理实践中的真实问题，又提不出令人信服的基础数据、理论分析，以及有针对性、有影响力的观点及解决方案，使得管理科学理论与研究结果不能满足管理实践提出的需求[15]。

研究项目的社会参与范围较窄，仍有一些项目体现学者们自己关在象牙塔中，在"自己出题目，自己封闭做研究，自己欣赏自己"的圈子里转。在资源组织上，不同地域的研究单位、学术界与实业界的深度合作还比较薄弱；在成果导向上，单纯地偏重学术论文发表，对于成果的政策和实践意义关注不够。这些都使得管理科学的社会承认度与影响力偏小，与迅速发展的规模不匹配。

这种"学术孤岛"和"束之高阁"的现象一方面会导致我国的研究很难产生针对我国重大现实问题和独特需求的、原创性的研究成果，难以实现理论成果上的超越，最终丧失学术地位与学术影响力；另一方面，脱离实际的研究将会导致社会其他组织对管理学界服务实践能力的质疑，使管理科学的社会承认度和社会影响力大大降低，从而使其逐步被边缘化。

3. 研究基础设施建设亟待提高，数据和试验条件相对落后

管理科学研究的资料库、数据库、案例库等"基础设施"比较薄弱。管理科学是基于实践的科学，尽管实证研究方法已经得到普遍的认同，但缺乏稳定、可靠和长期的研究数据体系支持，导致调查往往无法深入。从数据平台角度看，一方面很多研究者缺乏资金购买国内外各种系统及其相应的数据库，或者有能力购买但数据及系统等很难满足真正的研究需求；另一方面，缺乏建立本土数据库的动力与机制，各研究实体数据收集、整理的重复性太多，这不仅浪费了大量的人力、物力和财力，而且也削弱了数据的可靠性。这使得我们虽然身处一块丰富的研究土壤，但缺乏研究的必要基础。

案例研究是管理科学独特的研究方法，也是发现研究问题的有效途径，但从案例库建设上看，目前我国还缺乏全国共享的开放式研究类案例库。在实验设备和平台方面，目前涉及一系列电子商务、供应链管理、消费心理、行为金融等领域的研究，亟待通过试验设施和开放式平台来收集、整理和分析数据，目前这类相关专用实验室和平台的建设还处在刚刚起步的萌芽阶段。因此，管理科学基础研究设施如数据库、案例库、开放式实验及计算平台的

基础设施建设的落后已经成为制约我国管理科学研究水平提升的瓶颈。

4. 具有方向引领作用和重要国际影响力的原创性研究成果偏少

一个学科的发展需要经过科学家群体长期的努力工作，并以扎实的学术积累作为基础。尽管中国的改革开放、经济全球化和信息化为中国管理科学的发展带来了前所未有的机遇，但作为一门独立的学科，与国外管理科学近百年的发展历史相比，我国的管理科学还比较年轻，研究基础相对薄弱，缺乏深厚的学术积淀。尽管管理科学研究获得资助的项目与发表的论文数量增长迅速，但跟踪性的研究还比较多，其中不少工作属于借用国外的方法或者理论"套用"中国数据和案例的研究，尽管这些研究也能够发展出一些新的知识，但与那些奠基性的、引领一个新方向发展的研究相比，其原创性还比较欠缺，对管理实践的指导意义也有限。在国际上有影响的研究工作与成果还不多，这从中国内地学者以第一/通讯作者身份在顶级期刊上发表的文章比较少就可见一斑。

第3章

"十二五"学科发展的指导思想与战略目标

3.1　指　导　思　想

根据《国家中长期科学和技术发展规划纲要（2006—2020)》提出的我国科技发展"自主创新、重点跨越、支撑发展、引领未来"的总体方针，结合国家自然科学基金在国家创新体系中"支持基础研究，坚持自由探索，发挥导向作用"的战略定位，新时期"尊重科学、发扬民主、提倡竞争、促进合作、激励创新、引领未来"的24字工作方针，以及"十一五"期间国家自然科学基金委员会党组提出的"更加侧重基础、更加侧重前沿、更加侧重人才"的战略导向，在深入研究我国管理科学学科发展态势、现状、成就、问题、制约因素的基础上，按照国家自然科学基金"十二五"规划的总体目标和方向，管理科学部提出在"十二五"期间学科发展的指导思想是：遵循学科规律，突出三个"侧重"，坚持顶天立地。

遵循学科规律，是指国家自然科学基金框架下的管理科学学科发展要突出管理研究的基础性、科学性、实践性和综合交叉性。

管理科学是科学体系的重要组成部分，是具有科学性、综合性和实践性等多重属性的交叉、综合性学科。其基础性体现在，管理科学研究强调从纷繁复杂的管理实践中提炼具有一定共性的科学问题并对其客观规律开展研究，以期得到具有一定普适性的知识。其科学属性体现在，管理科学要遵循一般科学方法论的原则开展研究，这也是区别于我国其他类型的管理研究的本质特征。其实践属性体现在，管理科学研究的问题通常不是从假说开始，而是来源于管理实践，从实践中提炼科学问题，通过研究发现新的规律、提出新的解释，再反过来指导管理实践。其综合交叉性体现在，管理科学研究的问题提出和解决往往需要不同学科（自然科学、工程科学、管理科学，甚至社会科学）的知识和方法之间的交叉、融合。

管理科学研究的一般过程包括：从管理实践中提炼重要科学问题；用严格、规范的科学方法开展研究；发现一般性规律（进一步的理论构建和完善）用于指导实践。和其他自然科学一样，管理科学基础研究也具有探索性强、难以预测等特点，其学科发展是动态变化的，难以被预测和规划。因此，探索建立符合其科学规律的资助与管理机制，是引领和保障管理科学研究事业实现科学发展的根本途径。

在国家自然科学基金所坚持的资助基础研究的定位下，管理科学的发展必须明确自身的科学属性和科学研究范式，遵循基础研究发展的科学规律，按照科学发展观的要求，引领中国管理科学实现均衡协调可持续发展。

突出三个"侧重"，是指管理科学的学科发展和资源配置要贯彻和落实国家自然科学基金委员会在"十一五"末期提出的"更加侧重基础,更加侧重前沿,更加侧重人才"的战略导向。

对于管理科学而言,"更加侧重基础"意味着除了要进一步强调上述管理科学的基础研究属性以外,还要进一步加快中国管理科学研究基础设施和平台的设计与建设工作,以此形成管理科学更加扎实的研究素材基础,促进管理科学学术交流、交叉、共享和集成,为中国管理科学基础研究整体水平跃上一个新台阶营造必要的环境和条件。

对于管理科学而言,"更加侧重前沿"意味着在未来的资助工作中,要进一步引导和推动具有前沿引领性管理思想的形成、具有突破性新兴管理技术和工具平台的实现的基础科学规律之探索。

对于管理科学而言,"更加侧重人才"意味着将进一步强调科学基金的人才培养功能,以人才类项目培育人才,以研究类项目锻炼人才,以环境类项目支撑人才,探索稳定持续支持的资助机制,从而为中国管理科学的长期发展建立起一支高素质的科研人才队伍。

坚持顶天立地,是指中国管理科学的学科发展要在"跻身国际前沿"和"立足中国实践"两个方向上同步推进,追求"顶天"和"立地"总体目标的共同实现,这是国家自然科学基金委员会管理科学部"十一五"以来一直坚持的战略发展思想。

与其他自然科学学科相比,管理科学具有更强的实践需求驱动的特性,要求管理科学的基础研究必须关注管理实践中提炼出来的科学问题,要求基础研究的成果应当服务于解决管理实践中遇到的挑战和问题。另外，管理科学研究的人类组织活动往往表现出强烈的情景依赖性，因此，在中国管理实践中发现的问题和经验需要提出和发展符合"中国情景"的管理科学理论来加以总结和指导。

因此，管理科学的学科发展既要鼓励科学家准确把握国际学术发展的前沿和趋势，用与国际接轨的学术规范和方法论开展研究，使中国管理科学研究成果在国际上取得一定的学术地位；更要引导科学家重视中国的国家目标和管理实践对管理科学的需求，推动科学家深入中国管理实践，从中凝练管理科学问题，通过科学研究完成理论升华，并以研究成果为解决中国管理实践问题提供科学支撑。

"顶天立地"是管理科学研究的基本特征。"顶天"和"立地"并不是南辕北辙的两个方向，而是内在有机结合的统一目标。研究者要高度重视管理科学问题同人类管理实践的依存路径与对应关系，任何脱离中国管理实践，单纯追求前沿基础问题的突破，可能很难实现"顶天"的目标。相反扎根中国管理实践，从中国管理实践遇到的挑战和问题中提炼出具有基础性和根本性的科学问题，进而发展形成管理理论和方法，并翻过来用于指导解决中国的实际管理问题，这样才有可能产生理论创新，并体现出其实践价值。这不仅能够实现"立地"的要求，也更具有"顶天"的可能和潜力。

3.2 发展目标

按照"十二五"学科发展的指导思想，管理科学部在"十二五"期间制定并努力推动实现以下三项战略目标。

1. 形成中国特色研究，提升国际学术影响

强化中国管理科学家已有的特定优势领域，努力形成若干具有中国情景的特色研究领域，并促使这些领域在推动人类管理知识发展的过程中具有显著作用；促使中国管理科学家成为具有中国特色管理科学问题的基础研究先行者，成为国际管理科学研究的主力军之一，在优势和特色领域中出现一批具有重要国际学术影响的领军人物。

2. 贴近管理实践需求，增强实践支撑能力

探索建立基础研究成果与管理实践工具的联结路径，尤其在国家重大改革、重要政策制定实践中，在形成具有普遍影响的企业管理思想和方法工具过程中，在中国重大的企业管理实践活动中，体现出中国管理科学家及其原创性管理科学知识的支撑作用，切实提高管理科学研究为中国宏观和微观管理实践的服务能力。

3. 完成数据建设框架，奠定扎实研究基础

在完成管理科学研究基础设施总体设计的基础上，探索科学基金支持管理科学研究基础设施建设的新方式和新机制，启动并初步尝试支持一批中国管理科学研究的开放

式数据平台（包括数据库、案例库等）和开放式研究平台（包括方法工具库、模拟仿真平台、试验平台等），力争在"十二五"末期，基本完成主要基础设施的框架建设，并部分地投入试运行，为中国管理科学基础研究整体水平跃上一个新台阶营造必要的环境和基础条件。

第4章

"十二五"学科发展布局和优先领域

4.1 规划学科布局、遴选优先领域的科学依据

4.1.1 规划和遴选的原则

规划与优先领域遴选的基本指导思想是：①符合管理科学基础研究发展的特点；②符合整体学科战略目标；③有利于增强我国管理科学研究能力、提升成果水平、扩大国际学术影响；④国际前沿热点与中国管理实践需求相协调；⑤强调问题导向和学科交叉。

确定优先资助领域的基本原则是学科需求和学科基础相结合，着眼于我国已有较好基础的研究方向和新的学科生长点，以促进学科交叉与渗透，推动若干学科领域或科学前沿取得突破性进展。具体包括：第一，学科发展需求（或者称知识需求），包括重大管理实践（这一点对管理科学尤为重要）和科学知识体系自身完善两方面对管理科学研究提出的迫切需求；第二，学科发展基础（或者称知识供给），即当前的学术积累（包括知识积累、人才队伍等）状况，以及保持已有战略规划的延续性。

4.1.2 规划和遴选工作的方法

确定可定量化分析的学科发展知识需求与基础指标。一是学科发展的知识需求，包括有关文献、项目的计量统计分析，以及中国本领域专家（包括学术界、决策层和企业界，下同）对学科发展需求的判断、对社会经济发展对本学科发展的实际需求判断。二是学科发展的知识供给，即中国本领域专家对本学科发展基础的判断（主要通过专家问卷中对基础变量的分析），以及文献和项目计量结果对研究热点和成果积累的分析。

确定优先资助领域定量分析的基本步骤，具体如图 4-1 所示。

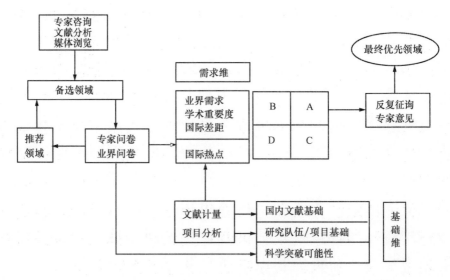

图 4-1   国家自然科学基金优先资助领域的遴选过程图

步骤一：根据专家咨询和文献分析，确定备选领域集合。

步骤二：将不同来源的信息适当编码，定量地确定初始优先领域集合。

步骤三：在初始优先领域集合的基础上，结构化地参考专家意见，对该集合进行多次修订，形成最终推荐的优先领域集合。

步骤四：在此基础上将各个变量分为"学科基础维"和"学科需求维"两类。

步骤五：计算各备选"优先领域/方向"的"基础"和"需求"两个综合变量值。这里需要考虑领域专家对相关专业的熟悉程度，因而最终分析中分别计算"加入专家熟悉程度权重"和"不加入专家熟悉程度权重"两种加权平均值。

步骤六：在"基础-需求"平面上标出该备选"优先领域/方向"的位置；当每一个"优先领域/方向"都标在图上以后，得到优先领域/方向的"初选集合"。根据上述的排序，结果以"加入专家熟悉程度权重"的问卷数据分析结果为最终方案。作为比较，将"不加入专家熟悉程度权重"的数据分析结果作为参考，发现两者之间只有细微差别。

将上述定性方法和定量方法相结合进行分析，得到有一定收敛性的排序结果，以及补充的"备选优先资助研究子领域"和"前瞻性研究领域"备选子领域集合。

4.1.3 规划和遴选工作的数据来源

根据上述分析，规划管理科学战略布局、遴选优先领域的数据和知识来源主要包括 9 个。

数据来源一：国内外专业领域文献（包括学术期刊与非学术性专业期刊）摘要阅读整理。

数据来源二：国际著名机构的研究热点分析。

数据来源三：国内专家咨询会议和/或访谈记录。

数据来源四：管理科学学科国内各领域专家调查问卷。

数据来源五：国际一流学术期刊的文献计量分析。

数据来源六：国内一流学术期刊的文献计量分析。

数据来源七：国内主要基金组织对本领域项目资助情况的分析。

数据来源八：国外主要科学基金组织对本领域的资助情况分析。

数据来源九：管理科学学科国际知名专家咨询。

4.2　学科发展布局

相对于宏观管理与政策学科尚处在发展的初始阶段，以及工商管理学科刚刚进入快速发展期，我国的管理科学与工程学科已经进入了相对稳定的发展阶段。管理科学与工程学科将以中国管理实践中提出的问题为研究对象，以原始创新为目标，以增强国际影响力为途径，在部分领域中形成中国管理学派，造就一批原创性成果。管理科学与工程学科的优势领域包括运筹与管理、管理系统工程、决策理论与方法、工业工程与管理、预测理论与方法等学科领域，将在继续保持国内管理科学与工程的优势地位的基础上，选择突破点获得原创性成果，使这些领域的研究工作达到国际先进水平；对于我国理论与实践急需的金融工程理论与方法、风险管理技术与方法、工程管理等领域，将进一步加大投入，利用国际合作等方式提高学科地位；将服务科学等新兴学科作为学科增长点，争取在规划期内使该学科达到国际先进水平。

与其他学科相比，工商管理学科中存在大量情景依赖性科学问题。由于中国企业管理所依据的情景不同，这可能会部分地影响现有管理理论的适用性与可靠性，需要根据特定的情境重构相关管理理论。在战略管理、企业理论、人力资源与组织行为、公司财务与金融、创业管理、创新管理、营销管理等学科中都大量存在这类科学问题。因此，工商管理学科应当发挥中国独特管理问题的资源优势，争取在一些前沿领域中形成一批具有中国特色且具有一定普遍意义的研究成果，即将"情景"作为因素纳入现有理论框架的引进、吸收，形成再创新的成果；甚至根据"情景"重构全新的理论框架，形成更具有原始创新性特征的成果。在学科发展上，将服务管理、创新管理、创业与中小企业管理等新兴领域作为学科增长点，积极参与国际合作与竞争，争取在较短时间内达到国际先进水准。利用物流与供应链管理、运作管理、企业信息管理、公司理财与财务与金融管理等领域积累的优势，逐步缩小与国际领先者的差距，并在逐步细分的研究领域作出一流水准的学术贡献。

对于宏观管理与政策学科而言，在未来相当长的一段时间内，我国经济社会发展存在着一些亟待解决的重大现实问题（如绿色经济、资源环境、国际竞争、政府转型、社会建设等），都需要宏观管理与政策学科的基础研究成果予以支撑。从学科发展来看，未来五年里，宏观管理与政策学科要在基础研究的核心领域、应用研究的优势领域、前沿研究的热点领域这三个方面取得重点突破。首先是重视学科体系和理论基础建设，特别是继续加大对公共管理基础理论与方法研究的支持力度，夯实整个学科的发展基础；其次是在应用研究的优势领域取得突破，带动整个学科的发展，如图书情报档案管理（信息资源管理）领域保持国际领先优势，科技管理与政策、金融政策与管理领域进入前列，宏观经济管理、农林经济管理、资源环境政策与管理、城镇与区域发展管理、医疗卫生管理与政策领域实现数量突破到质量提升的转变；最后是结合前沿研究的热点，如人口老龄化、气候变化、低碳经济、全球治理、创新发展等问题，实现公共管理与公共政策、教育管理与政策、劳动就业与社会保障、公共安全与危机管理等相对弱势领域的水平提升和重点突破。

4.3　优先发展领域

根据以上方法，从研究的视角和边界及目标、研究的重要实践对象两个角度，划分出四组优先发展领域群：具有行为复杂性的管理系统；全球化和信息化引发的管理科学新问题；管理科学中具有中国特色的重要管理科学问题；区域的协调和可持续发展。

4.3.1 具有行为复杂性的管理系统

领域 1：复杂管理系统的研究方法及方法论

管理组织中微观个体的有限理性所导致的行为及其相互作用和演化的联结方式，构成了管理活动中的复杂性特征。传统管理理论将研究对象看做简单系统的假设被实践证明是不可靠的。复杂性科学和信息技术的发展为管理科学突破了"还原论"的思想，从复杂性视角进行研究开辟了新的视野，此后，运用复杂性科学方法探索管理问题成为了研究的热点。管理科学家们运用复杂性科学的原理，通过微观建模、行为实验、计算仿真等方法从管理组织内部各单元的相互作用及组织与环境的相互作用中寻找组织的管理活动之发展进化的动因及规律，以使组织能适应社会、经济及科技的迅速发展而取得良好的效果。

该领域优先发展方向如下：

1）复杂管理环境中预测、运筹与管理

科学问题举例：危机预警理论与方法，综合集成的预测方法与应用，随机优化理论与算法及其应用，新兴优化理论及其应用，排队论与随机网络理论及其应用，谈判理论与模型，拍卖机制设计，招投标理论与方法。

2）复杂经济管理系统的行为建模和涌现

科学问题举例：复杂经济与管理系统中的社会计算问题，区域经济系统的演化过程与规律，复杂管理系统中的个体行为建模一般理论与方法，复杂经济管理系统研究的仿真建模及实验平台。

3）基于行为与实验的管理研究方法

科学问题举例：管理行为研究的实验方法，生物心理人工神经研究，管理科学的认知科学方法（生理心理）研究，脑电与决策过程研究，基于行为实验的管理决策研究，个性心理因素对公平知觉的影响作用，行为管理学的实验环境建设。

4）具有中国特色的管理研究方法论

科学问题举例：中国管理思想与科学体系，东方管理的规范化研究，中国特色管理理论研究的分析方法。

领域 2：具有行为复杂性的管理问题

在现实生活中，人们面临的是一个复杂的、不确定的世界；同时，决策者对环境的计算能力和认识能力也是有限的。因此，对于经典管理科学理论中的理性人假设已经被突破，"行为"及其所产生的复杂性成为近年来管理科学研究的重要视角与特征。行为视角的研究提出人类决策具有"有限理性"的特征，而不是如传统效用和决策理论所认为的那样是完全理性的。因而在很多经典的管理科学领域（如运作管理、金融管理等）中，需要重新审视"行为假定"，从而引发了原创性管理知识新探索的巨大需求。考虑了以上个体和组织的行为及其复杂性视角下的管理规律研究及管理活动中的复杂性研究已经成为重要新兴前沿理论的显著特征。

该领域优先发展方向如下：

5）复杂金融系统的动力学

科学问题举例：复杂金融生态体系中的市场效率、风险和定价研究，计算实验金融理论与方法，行为金融理论和方法，基于行为和神经实验的金融理论研究，金融工程中的高性能计算与实验方法研究，高频高维金融数据分析与编码，开源信息环境下的投资者行为与资产定价。

6）行为运作与复杂供应链管理的基础问题

科学问题举例：面向非理性客户的收益管理与动态定价，即时效应对生产及供应链计划的影响，基于个体均衡和系统最优的供应链合约有效性，需求与能力规划对供应链决策的影响，复杂供应链中的风险管理，基于供应链的产品设计、竞争战略与技术创新，基于仿真方法的复杂供应链集成优化问题，具有现金流约束的供应链优化。

7）交通/物流网络规划与管理

科学问题举例：交通需求生成、预测与分配理论和方法，交通网络设计理论与运行管理方法，拥挤条件下的交通运行组织优化与控制，交通和物流网络系统的模拟仿真，公共交通系统内换乘同步性研究，综合交通系统规划与管理，交通应急管理，面向区域服务的物流协同运作方法，物流网络的调度与优化问题。

8）复杂重大工程项目管理研究

科学问题举例：大型水利水电建设工程的项目控制，大型航空飞行器研发的技术管理，复杂大型工程项目的关键链管理，多项目管理理论和方法研究，大型项目的复杂性与可靠性研究，复杂重大工程项目管理的多学科综合研究，复杂重大工程项目的风险预测、评估与管理，复杂重大工程项目的招投标管理，复杂项目管理中的人因研究。

领域3：后金融危机时代的风险与危机管理

美国"次贷"危机引发的国际金融危机对世界经济和国际格局产生了复杂而深远的影响。对于危机性和灾难性风险管理的研究进一步引起了国际学术界、政府、企业的高度重视，风险管理和危机管理意识的增强也从金融、经济领域延伸到了各行各业，从很多方面根本性地改变了人们的管理行为和方式，尤其是这次金融经济危机突出地揭示了现实管理世界中无处不在的危机和风险，并且展示了危机和风险的发生及其影响与传统管理知识相左的事实。如何应对后金融危机时代所可能产生的新的危机与风险、如何在新的条件下认识、度量、评估和控制危机与风险规律等，将是未来一段时间内全世界管理科学家重点关注的问题。

该领域优先发展方向如下：

9）风险识别、度量与控制的新原理和新方法

科学问题举例：复杂系统中的风险建模与仿真的新原理，极端事件相关的风险动态评估理论与方法，风险价值理论与方法创新，风险管理的新体系和新机制。

10）重要国家战略资源的安全管理

科学问题举例：大宗商品（粮食、矿石等）经济安全管理机制，国际能源格局与国家能源的战略安全，水与环境资源的安全管理，公共安全管理，重要战略资源管理的大型政策分析和模拟工具平台。

11）金融体系中的创新及其安全管理

科学问题举例：复杂金融体系中的系统性风险规律和

危机生成机理，金融产品/市场制度创新的风险管理，开放金融体系中的博弈与联合金融监管，金融体系中生态群落演化规律，面向全球金融市场异常的监测，金融体系中的多层次风险管理和监管模式。

12）企业风险管理中的新问题

科学问题举例：制度环境、公司治理与企业风险行为，企业资本结构及其风险管理，管理者的风险行为规律，企业战略风险行为管理。

4.3.2 全球化和信息化引发的管理科学新问题

领域4：新兴信息技术下的服务科学

全球产业结构正明显地表现出加速向后工业化服务经济转型的趋势，信息化进一步推动了这种趋势的发展，使服务业在经济总量的比重以及从业人口的比例日渐成为衡量国家发达程度的重要标志。中国要想完成未来的可持续经济增长，并在全球垂直分工的价值链上扮演更为重要的角色，必须以信息技术为依托形成以服务为导向的产业结构战略转型。

无形的"服务"作为一种满足人们需求的经济活动结果，在现代经济体中已经同有形的"产品"同样重要。由于"服务"与"产品"的巨大差异性，传统上以"产品生产"为实践基础而发展起来的管理科学面临着全新的挑战，如服务的创新和设计、服务的组装集成、服务的营销配送、服务的价值感受等在技术信息化、经济全球化、文化多元化等时代背景下，与传统的"产品生产"管理规律都具有很大差异。服务科学正是一个以"服务生产"管理规律为基本对象的研究新领域，它试图将已有的计算机科学、管理科学、工程科学、社会科学、认知科学以及法学加以整合，从而进行跨学科领域的综合交叉研究。

服务科学的基础理论研究是通过分析服务过程、有效管理服务系统来实现服务效率最大化，同时也为服务创新提供基础平台。服务科学研究的目标是解决服务特性带来的诸多问题，为人们提供科学分析服务、有效管理服务，并通过服务创新和流程设计最大化服务资源整合所形成的生产力。它致力于探索系统性推动服务创新的框架，包括服务系统仿真、服务系统最优设计和系统最优控制等。

该领域优先发展方向如下：

13）服务经济与社会发展的战略转型

科学问题举例：服务对于社会经济发展的战略价值，从产品生产到服务提供的产业战略转型，服务与宏观管理模式的转型。

14）服务系统建模、分析与优化

科学问题举例：复杂服务系统的行为与建模，服务系统设计的原理与方法，服务中的信息技术与新技术，服务工作设计的原理与方法，服务系统的专业化与协调，服务系统中的收益管理，服务提供渠道的协调优化，商务流程建模，开放式服务系统建模仿真平台。

15）服务中的交互、创新与价值评估

科学问题举例：服务系统中的交互行为与价值共同创造过程，战略服务管理的机理与效果分析，基于观测的服务因果关系分析，以人为中心的服务规范和生态系统。

16）服务技术基础及其应用工具开发原理

科学问题举例：服务质量的度量与控制，服务质量、测度与标杆，服务生产率研究，服务中的信息技术与新技术。

领域 5：全球竞争中的创新与创业管理

当今世界，全球的竞争越来越体现为经济和科技实力的竞争，而科技创新能力是一个国家科技事业发展的决定性因素，是国家竞争力的核心。从中国经济社会发展的阶段性看，自主创新已成为支撑和引导经济社会未来发展的主导因素，科技创新将成为经济社会发展的根本动力之一。在整个国家技术创新体系中，作为主体的企业的技术创新管理具有核心地位。同时，生产力的技术创新得以实现的一种重要的新途径就是"基于技术的创业"（包括企业的内部创业和扩散到社会的外部创业）。此外，创业和中小企业管理是保持市场中不断有新的企业诞生和成长的必要活动，是保证市场经济体系存在的基本前提。同时，对于中国这样一个人口大国，创业和中小企业管理还具有提供就业岗位的积极功能。

随着电子商务和物流网络的飞速发展，全球化和信息技术改变了创新和创业活动的模式、资源配置范围及方式，同时也改变了创新和创业者的行为特征。这就要求中国管理科学界探索面向全球竞争的创新与创业管理中的关键科学问题，为更好地促进创新与创业提供理论基础。

该领域优先发展方向如下：

17）产业技术管理与创新机制研究

科学问题举例：产业集群中的技术创新协调与产权保护机制，产业技术创新网络生成与演变，复杂技术创新过程中的知识创造、共享与转移机制，科技全球化及其治理，复杂技术追赶的道路选择理论，科技政策影响创新体系的机制与渠道。

18）全球化中的企业创新模式及其战略影响

科学问题举例：突破性创新的组织运营策略，技术创新网络的生成与演变，产品创新的跨文化与跨组织管理，模块化产品创新的分解与集成管理，垂直、专业化条件下企业技术创新模式与能力演进、创新模式的选择与企业竞争战略。

19）企业家行为、创业团队及其对创业企业的影响

科学问题举例：创业团队成员进入和（或）退出的影响因素研究，创业团队的治理结构，创业团队对创新企业的风险行为及其成长的影响，开放环境下的创业孵化规律与模式。

20）创业融资模式创新及其原理

科学问题举例：融资风险分担机制创新及其原理，创业融资模式对创业企业的影响，海外资本在中国创业融资市场的影响，技术创业活动的价值判断基础。

领域 6：新兴网络信息技术引发的管理科学新问题

近年来，随着网络信息技术的不断发展以及 Web 2.0、物联网、"感知中国"等全新概念、技术与商业运行模式的出现，科技、经济、文化和社会正在经历一场深刻

的变化，而这引发了企业管理的变革和管理模式的巨大变化。信息传播能力的提高，在为管理活动提供更为高效、便捷手段的同时，一方面使得管理环境更加复杂多变，管理边界难以被准确描述和精确估计，从而给管理和决策中的诸多方面与环节带来了新的科学问题；另一方面使得企业和组织所处的内外部环境中也存在着大量的复杂数据，使得传统的信息系统建设方法、信息抽取与搜索技术，以及以这些技术为基础的管理决策理论和方法都有待于进一步的研究和拓展。因此，如何抓住新兴网络信息技术给组织带来的便利、创新管理理念以及提高企业竞争能力和效率，已日益成为管理者关注的重大课题。新兴网络信息技术的发展在为组织管理变革提供发展机遇的同时，也对现有组织管理思想、方法、手段、模式和理论提出了新的挑战、新的研究思想和手段，引发了很多管理科学中亟待解决的新科学问题。

该领域优先发展方向如下：

21）面向网络/复杂数据的智能决策分析与知识管理

科学问题举例：面向复杂数据特征的数据挖掘与知识发现技术及集成系统，基于互联网的商务智能技术，开源信息/知识生成与传播的特征、模式及其决策，大规模网络用户参与的行为规律，社会网络环境下知识的共享、转移、综合及再创造机制，用户实体的信息和知识的组织、提炼、检索和利用方式，基于社会性 Internet 应用的语义网络。

22）新兴网络信息技术引发的风险规律及其管理

科学问题举例：数据挖掘技术与商务智能应用环境下

的隐私保护机制，网络欺诈行为的特征性规律及防范机制设计，在线行为模式与信息过载特征的识别，新型电子商务环境中的信息安全标准和认证机制问题，移动网络环境下保障移动业务连续性的信息安全标准和服务问题，新兴电子商务环境下的信誉机理与信誉系统设计模式，移动网络环境下的新型电子市场交易机制与管理。

23）基于互联网的企业战略和运营模式变革及其影响

科学问题举例：新型网络环境下的企业增长、战略、运行模式演变与变革规律，基于云计算的新型外包关系网络管理模式及产业结构的演变规律，新型电子市场的信息产品交易机制，电子商务环境下的供应链管理的合同、协调与信息共享，组织内部的信息技术采纳特征与扩散规律，新技术条件下企业信息化成长过程模式，技术吸收过程与组织战略、组织结构演变的内在联系，协作式知识创造为核心的"企业2.0"（Enterprise 2.0）运行模式。

24）信息技术对需求和消费行为影响

科学问题举例：网络消费者行为模式研究，大规模用户参与的消费行为规律，用户个性化需求的企业价值链扩展，基于搜索的精准营销及其业务推荐技术，互联网用户参与对用户行为及企业绩效的影响机制，互联网用户参与对企业市场营销的影响分析。

25）开源信息社会中的电子政务及其影响

科学问题举例：开源信息社会中电子政务的运作机制与管理模式，开源信息社会中电子政务的安全保障体系研究，开源信息社会中电子政务的信息传输与管理问题研究，政府信息化对社会变革的影响，电子政务支持下的政府绩效评估体系研究。

4.3.3　具有中国特色的重要管理科学问题

领域 7：基于中国实践的管理理论

对中国本土管理现象的观察、总结、提炼是中国管理科学理论发展与创新的源泉，是中国学者为人类管理文明作出贡献的重要途径。未来 5～10 年，中国管理知识的创造、传播与应用都应该重点围绕中国管理实践展开。中国实践是研究者的理论源泉，教育者的服务对象，实践者的工作土壤。

"立足中国实践"是研究未来中国管理科学问题的总体指导思想之一。作为具有致用性的管理科学研究，需要管理科学研究者面对中国管理实践所抽象出来的管理科学问题进行研究。因此，在管理科学研究过程中，要求管理科学能够面对中国改革开放 30 年以来的成功实践和未来社会经济发展需求，利用中国的实践数据和案例，采用严格规范的科学方法，在中国管理活动的实践情景（包括政治经济体制、技术环境、社会历史文化等特定情景和约束边界）下，研究微观组织（如企业、非营利组织、公共事业单位等）和宏观系统（如金融体系、公共卫生体系等）中管理实践活动中的科学规律，在此基础上发展新的管理科学理论，指导中国社会经济的持续发展，并为世界管理科学知识的发展作出中国学者应有的贡献。

作为管理科学基础理论研究，在以上涉及的相关领域及其问题的研究过程中，要求使用严格的规范方法，在考虑近现代中国管理科学和管理思想发展历史的基础上，搜集实际情况、案例与数据，进行实证研究，对于理论的实践应用作出可验证的成果。

该领域优先发展方向如下：

26）社会经济转型中的组织管理

科学问题举例：社会经济转型中的组织变革、协调与进化，组织变革中的领导与管理行为特征，组织类型与组织-员工间心理契约模式变化的关系，组织中的文化形成与学习规律，团队过程与团队创造力形成机理，社会转型中人的心理与管理行为关系，非营利组织及其与政府、企业合作协调机制。

27）全球化背景下的企业管理问题

科学问题举例：中国企业国际并购的规律研究，多元化人力资源背景下的员工管理，全球会计准则的协调对中国企业的影响规律，金融工具创新与会计计量方式的互动关系，中国企业管理大型案例库和数据库的建设。

28）中国的国有企业和家族企业管理

科学问题举例：国有企业的治理规律，市场化过程中的国有企业薪酬与绩效管理，家族企业的公司治理与风险控制，家族企业的成长规律与代际传承，经济转型中的劳工关系管理。

29）新兴资本市场中的公司金融

科学问题举例：资本市场信息环境及其与公司财务行为的关系，会计信息质量测度的理论与方法，国有控股上市公司的融资与投资行为特征，新兴资本市场中的融资及其衍生创新规律和监管。

领域 8：中国特色的公共管理问题

公共管理学是一门在一定历史条件下研究社会公共权威的组织形式及其对社会公共事务进行有效管理与治理行为的科学。公共管理的基础理论与方法是宏观管理与政策研究的基础。当代公共管理学的核心理论与研究思维正在向复杂、系统、综合集成的科学方向发展，强调以跨学科综合交叉的知识背景为基础，运用科学规范的实证研究、案例研究与理论演绎相结合的方法，在实践理念上坚持问题导向，以研究和解决复杂的公共管理、社会治理和公共政策问题。

党和政府提出科学发展观，作出构建社会主义和谐社会和建设创新性国家等战略决策，不断深化经济体制和政治体制改革，产生了探索在中国特殊的历史条件和情景下，如何推进政府管理创新和服务型政府建设的学术研究需求。中国学者需要结合中国发展的历史路径、时代背景和体制约束，运用中国独特的问题资源和"数据"资源，进行公共管理领域的基础研究，发展出符合国情、具有特色的公共管理理论和方法体系。

该领域优先发展方向如下：

30）中国特色的政府管理基础理论与方法

科学问题举例：政府管理的基本理论、方法与工具，公共决策与政策过程的原理与公共决策仿真环境建设。

31）中国特色的公共管理组织和政策体系研究

科学问题举例：公共管理组织与政策体系研究，公共财政与预算改革的理论与政策科学研究，新时期公共政策、政府转型分析与影响评估，事业单位组织运行机制和管理模式创新。

32）新时期公共事务与社会管理中的基础规律

科学问题举例：人口结构、就业与社会保障，公共卫生、医疗政策与管理，教育与人力资源开发政策，老龄化社会中的管理问题，社会管理的体制与机制创新，流动人口和特殊人群的管理和服务，国民收入分配和城乡收入差距机理分析。

领域 9：新农村建设中的农业与农村发展政策

建设社会主义新农村是我国现代化进程中的重大历史任务。社会主义新农村建设涉及建立覆盖城乡的公共财政制度、建立城乡统一的劳动力市场、培育城乡统一的土地市场、深化农村金融改革、建立城乡一体的户籍管理制度等方面。其核心是要通过城乡一体化的基本方式推进农业和农村的发展，进而富裕农民。然而，由于我国国情条件和体制方面的独特原因、人口资源环境和国际竞争的现状基础与发展目标等因素的制约，实现上述社会主义新农村建设目标的压力很大。为此，需要探索中国社会主义新农村建设和城镇化发展的特殊规律性，并根据对于这种科学规律的认识来制定合理的农业、农村发展政策，引导城镇化进程，从而促进我国城镇化健康发展和城乡统筹协调发展，保障粮食安全，促进全社会的稳定与和谐发展。

该领域优先发展方向如下：

33）农村和农业基础制度改革研究

科学问题举例：中国农村集体土地制度与土地使用权流转机制和模式，集体土地使用权流转中对农民利益的保护体系建设，农村土地制度变革与耕地保护的协调机制，基于社会资本视角的乡村治理，宗族文化下的乡村治理模式，农村民主选举下乡村治理模式创新。

34）农村基本公共服务提供机制与政策研究

科学问题举例：中国农村公共服务不足的财政政策研究，人口老龄化与农村社会保障研究，中国城乡公共服务均等化研究，中国农村医疗保障制度创新研究，生物技术安全性及规制政策研究，农业支持与农业补贴政策体系，农村市场扩大内需的实现机理及政策。

35）农业基础（硬件）设施的建设、运营与管理规律

科学问题举例：农村公共基础设施对增加农民收入的作用机理和实证研究，中国农田水利基础设施的治理模式，农村基础设施建设中的投资主体选择研究，农村贫困问题及其治理，生物（转基因）技术对中国农业发展的影响。

36）新型农村金融体系建设管理

科学问题举例：新农村中的投融资机制创新，中国农村互助金融组织运行机制，农村小额信贷模式与风险管理。

4.3.4 区域的协调和可持续发展

领域 10：城镇化与区域发展管理

促进区域协调发展既是贯彻落实科学发展观、构建和谐社会的重要内容，也是全面建设小康社会、推进现代化建设面临的重大任务。近年来，随着一系列促进区域协调发展战略和政策的实施，我国区域经济格局出现了一些积极的变化，区域差距有所缩小，区域发展的协调性也有所增强，但总体来看，区域差距问题依然比较突出，提高资源在区域空间上的配置效率面临一些障碍，生产力和人口空间布局与环境生态承载力存在不协调，各种地方保护主义仍然阻碍着市场一体化进程，促进区域协调发展面临的任务依然十分艰巨。探索中国城镇化发展的规律性特征，按照客观规律的要求，顺应规律引导城镇化进程的发展，总结国内外经验，实行合理的城镇化发展模式和对策，对于促进我国城镇化健康发展，城乡统筹进步，区域协调发展，保证现代化战略目标实现均具有重要意义。

该领域优先发展方向如下：

37）中国区域经济发展规律研究

科学问题举例：区域发展的基础理论，区域一体化的利益协调机制，区域产业布局的优化问题，区域经济集聚与区域协调发展机制，区域协调发展的模式和路径选择，区域竞争力形成和演化的科学规律，区域经济转型升级模式，区域自发展能力评价及形成机理。

38）中国城镇化进程相关研究

科学问题举例：城乡住房、土地供需模式及政策研究，（城市、农村）社区建设与社区治理机理，城市化与生态环境协调发展机制和评价研究，城镇化与居民生活、消费方式变迁规律，城市化过程中的新劳工群体的形成及其技能培养。

39）城乡一体化与区域发展研究

科学问题举例：新型城乡一体化规律及相关政策研究，城乡一体化进程中区域发展战略问题研究，城市综合承载力及其对农村人口吸纳能力研究。

40）城乡、区域发展规划理论与政策工具研究

科学问题举例：城乡、区域规划的基本理论、方法与政策工具研究，新时期区域规划的理论、方法与实践，"团块化"（conglomeration）与城市集聚规律，区域农业协调及其可持续发展规律，城市化与农业可持续发展的协调机制。

领域 11：可持续发展管理与宏观政策

可持续发展是以保护自然资源环境为基础，以激励经济发展为条件，以改善和提高人类生活质量为目标的发展理论和战略。21 世纪，低碳经济、绿色经济的发展模式将成为可持续发展的必然选择，我国需要从国家宏观层面考虑能源、资源以及环境政策的宏观管理问题，并对微观层面上的生产、生活、消费模式转变提出客观上的要求。同时，在传统的"可持续发展"概念基础上，我国进一步提出了"生态文明"的概念，更加强调以人与人、人与自

然、人与社会和谐共生持续繁荣为基本宗旨来实现人类的可持续发展。与传统的社会经济发展管理理论相比，这种思想无论对于宏观社会经济体系的运行方式，还是对于微观企业组织的生产模式，都在管理目标、管理手段、管理约束条件、管理的组织参与及其模式等方面都具有新的特征，从而对于探索管理活动在这种情形下的新的规律性提出重大需求。

该领域优先发展方向如下：

41）人口-资源-环境的政策科学研究

科学问题举例：我国人口-资源-环境政策与经济发展政策协调机制研究，资源税费改革对资源管理的影响研究，我国环境资源规制问题研究，绿色 GDP 对经济增长方式转变的影响，环境保护与政策绩效评估理论与方法。

42）生态文明下的生产、生活、消费模式转变

科学问题举例：低碳经济约束下的生产方式选择和经济增长模式，可持续的生产与消费方式及其支持体系研究，生态文明模式下的循环经济研究，生态文明建设与可持续消费模式的构建，绿色供应链中的企业间协作和资源整合机制。

43）低碳经济发展模式及政策研究

科学问题举例：资源、环境产权与可持续发展模式，资源与环境的价值评估，基于市场的环境管理政策工具研究，环境问题的数量模型研究，跨界环境问题，生态投资环境与贸易壁垒，环境与资源管理中利益相关者的行为研究，气候变化、低碳经济政策框架、碳交易与碳排放设计，清洁发展机制（CDM）研究，资源、环境与经济可持

续发展的关系，绿色 GDP 测算，节能减排、资源利用效率与机制研究，全球气候变化的不确定性决策问题。

4.4 跨学部优先发展的交叉领域

领域 1：网络信息技术下的组织管理变革与服务创新（管理科学部、信息科学部、数理科学部）

新一代信息网络技术正在深刻改变着管理组织内部的信息与知识的传递及产生方式，进而改变组织文化、管理层级结构、资源分配方式，最终改变产品和服务的生产模式与运作机制，从而促进各类组织实现和谐、透明、高效协作的全新工作模式和管理模式，并促使现代服务作为一种全新的经济形态脱颖而出。网络信息技术所推动的这种转变，对于植根于有形产品生产、科层组织结构、信息单向传输、自上而下的规划等传统的（企业）组织及其创新管理模式的现有管理科学理论，是一种全新的基础性挑战，同时提出了许多管理科学中亟待解决的新科学问题。这些将极大地推动以网络信息技术为依托的现代生产制造和现代服务的蓬勃发展，对于促进中国向服务经济转型、提高组织运行效率、减少组织运作成本、提升我国在新一轮全球竞争中的地位，具有至关重要的战略意义。

关键科学问题：网络服务系统及其参与者行为研究；基于先进 IT 的服务系统及其关键技术研究；网络服务系统的运营优化和协调研究；新一代网络信息技术（如开源信息、移动网络）对组织模式演化和运营机制的影响；新一代网络技术对企业（组织）行为和战略的影响；互动网络中的组织运营与安全工作机制；企业中整合的协作平台技术；组织内部即时通讯与威客技术对管理活动的影响规律等。

领域 2：复杂金融经济系统的演化及其安全管理（管理科学部、数理科学部、信息科学部）

经济和金融市场众多参与者的非完全理性及其依据信息而对环境的适应性交互决策行为，造就了现代经济和金融系统的复杂性和不确定性；新一代网络信息技术在全球经济和金融体系中广泛而深入的运用更进一步地推动了信息的多向、快速传播，进而深化了市场的上述特征。在未来若干年中，我国金融市场的产品种类、交易规模、市场深度及与市场关联性将在与国际经济和金融市场接轨中持续快速增长，再加上经济和金融制度和投资及参与者群体的独特性，整个中国经济和金融市场体系的复杂程度也在飞速增加。面对规模迅速增长并日趋复杂的市场体系，依据具有"简单性"特征的前提所构建的主流经济和金融理论在解释和应对金融危机的实践中开始遇到重大挑战。随着计算机信息科学和复杂性科学的快速发展和重要突破，从复杂系统的角度对复杂经济和金融体系进行计算建模、探索其动态规律与风险管理成为一种新的可能，并使其成为解决复杂经济和金融系统安全问题的非常具有前景的一条道路，对于建立科学、安全、合理、高效、稳健的金融经济系统具有基础性的重大意义。

关键科学问题：复杂金融经济系统中的微观行为和机

制及其宏观涌现和动态演化规律；复杂金融经济系统建模的新原理与新方法；金融经济系统中的复杂网络；复杂金融经济体系中开源信息与建模；复杂金融经济系统中的创新及其风险与安全管理；复杂金融经济系统的监管体系、运行机制和模式等。

第5章

"十二五"学科国际合作与
交流的需求分析和优先领域

5.1 我国管理科学的国际化发展态势

从论文发表情况看,美国在管理科学学科各个领域的指标都遥遥领先,也是我国学者国际合作论文发表的主要国家。从自身来看,中国的管理科学经过 30 多年的发展,已经在某些研究领域成为位居世界前列的重要力量。从数量上看,在给定领域的 SCI/SSCI 期刊群的检索上,我国管理科学家的论文发表数量能够位居前列。例如在管理中的运筹与优化方法、信息技术与管理、对策理论与应用、供应链管理、管理系统工程理论与方法、交通运输理论与方法、电子商务、市场营销领域的论文数量都仅次于美国[①];在企业信息管理、图书情报档案管理领域进入前三位,金融政策与管理领域进入前四位,科技管理与政策领域进入前七位。从质量上看,我国管理科学家在 *Science*、*Nature*、*Management Science*、*Operation Research*、*Production and Operations Management*、*Journal of Finance* 等国际顶级学术期刊上的论文发表也开始逐步

---

① 上述领域的发表是按照国家自然科学基金委的申请代码分类统计的。后同。

出现。

但在某些国际前沿和新兴领域，如基于行为的管理理论、风险管理理论，以及国内研究积累相对薄弱、或者与国际学术主流有一定差异的领域，如工业工程、企业理论、创新管理、公共管理与公共政策、劳动就业与社会保障、医疗卫生管理与政策、教育管理与政策等领域，中国学者的研究从整体上仍相对落后于国际前沿。

5.2 我国管理科学开展国际合作与交流的基本情况

从论文发表来看，管理科学学科中国学者参与发表的国际（含地区）合作论文中，与各领域国际领先地位的国家或地区学者合作占大多数，其中尤以与美国学者合作发表的论文为最。如管理科学与工程学科，近 10 年来，美国学者在各个领域与中国学者的合作论文数量与其他国家和地区相比遥遥领先。综合来看，加拿大、英国紧随其后排在第二、三位，澳大利亚大约处于第四的位置，最后是日本、中国台湾地区、韩国和新加坡。在第四位以后的国家或地区，其所占中国[①]学者合作发表总论文数的比例基本都小于 5%。但细分来看，具体到各个领域又略有不同。以宏观管理与政策学科为例，在农林经济管理领域，除与美国合作外，与菲律宾、印度、泰国、斯里兰卡等发展中国家——主要是农业大国合作的比例也较高。再以工商管

---

① 除中国台湾地区，下同。

理学科为例，在非营利组织管理领域，中国学者与在这方面具有独特经验的孟加拉学者的合作，占到该领域全部国际合作的第三位。

从国外主要科学基金组织对国际合作的资助情况来看，一些学界普遍关注的问题成为合作研究的重点。以宏观管理与政策学科为例，近年来主要集中在清洁能源、卫生健康、环境保护、人口老龄化、城市发展、食品安全、农业、气候变化、传染病防控等领域。值得注意的是，在那些具有"全球治理"特征的领域，如能源、环境、气候变化等领域，几乎所有重要的国外基金组织都将中国列为主要的合作对象。这表明，中国管理科学开展国际合作与交流有巨大的潜力与空间。

从国家自然科学基金委员会国际合作资助情况来看，虽然总体上呈增长态势，且最近几年来华短期访问和讲学的比重有所增加。但是存在以下两方面问题：一方面资助形式比较单一，其主要以在我国召开国际会议等一般性交流为主，实质性的合作研究较少；另一方面，对国际合作与交流的投入远远不足，并且在领域分布上不均衡，这与国际合作研究往往需要较多经费（如国际旅费）支持的要求不相适应。这些问题在国家其他各类研究计划与基金资助中也同样存在。

从合作成效来看，国际合作是提高国际学术发表数量和质量的有效途径。中国学者发表国际论文较多的领域，一般也是国际合作比例较高的领域。以宏观管理与政策学科为例，在所有涉及国际发表的领域中，农林经济管理领域的国际合作比例达到 86.11%，金融政策与管理领域为

77.22％，公共管理与政策领域为 74.07％，医疗卫生管理与政策领域为 72.73％，宏观经济战略与管理领域为 68.60％，其他领域的国际合作率也在 40％～50％，平均国际合作率为 55.61％。工商管理学科国际论文的合作发表率平均为 53.26％，在国际发表论文数量最多的物流与供应链管理领域中国际合作比例为 49.14％，项目管理领域为 44％，运作管理领域为 58.33％。通过国际合作，我国管理科学研究的学术水平、规范程度、国际影响力均得到了较大提升。

　　从存在问题来看，仍以论文发表为例，一方面，中国学者、特别是内地学者合作发表的国际论文数量仍然较低，与香港、台湾地区的学者相比，内地学者的国际合作网络范围较小、合作伙伴也比较单一；国际发表集中在少数机构和学者。这表明我国管理科学的国际学术竞争力总体上仍然较弱，国际学术共同体参与程度较低，领先队伍和优势机构较少。另一方面，在相当一部分领域，如宏观管理与政策学科的相关领域，中国学者合作发表国际学术论文的重点仍集中在"中国问题"之上，虽然凸显了中国学者的研究优势，但也反映了在"中国特色问题"成为国际学术主流领域之前还缺少学术影响力。此外，从合作伙伴来看也不够多样化，高度集中在美国、英国、加拿大等国家，而对在某些领域研究水平同样较高的国家，如德国、法国、意大利、荷兰、瑞典、西班牙、日本、韩国的重视与合作不够。同时，内地学者与中国台湾学者、中国香港学者之间的交流与合作也有待更进一步加强。

5.3 我国管理科学国际合作交流的战略需求与总体布局

日益规范的研究方法与日趋国际化的研究视野，使中国管理科学具备国际合作的基础。而全球性管理科学问题与具有中国特色的重要管理问题的出现，为中国管理学科的国际化合作提供了良好的契机。与此同时，经验表明国际合作是提高国际学术发表的有效途径，是中国学者走向世界的必由之路。

5.3.1 国际合作与交流的战略选择

坚持与高水平伙伴合作的基本原则，突出与科学发达国家合作的主渠道，选择有特色的领域实现国别多样化。

从合作对象（国别）来看，美国仍然是最重要的合作伙伴。首先，从学术水平讲，美国是当今世界之翘楚，与其合作有利于提高我国学者的科研水平、成果质量与影响力。其次，美国经济实力雄厚，科研，特别是基础科研投入巨大，奥巴马政府更是在金融危机之后承诺将增加对于科学技术研究的支持力度以保持美国的持续竞争力。我国学者与美国学者合作能够获得先进理念、前沿信息和更为广泛的合作网络，赴美国合作研究更能够利用其一流的科研环境与科研条件。再次，美中合作对未来一系列全球重大问题的解决具有重要意义，美国学者对与中国学者合作的积极性很高。最后，近20年来的长久合作已经为中美学者之间展开更深入的合作研究奠定了较好基础。因此，继续将美国定位为未来国际合作与交流的首要对象是符合历史、现实和未来利益的。

但与此同时，尽可能多地开辟新的合作渠道，实现合作伙伴的多元化。除美国外的其他重要发达国家，如英国、德国、加拿大、澳大利亚等国家，也有其各自的学科优势。比如，作为老牌的后工业化资本主义国家，英国在管理科学领域，特别是基于行为的管理、风险管理、金融工程、战略管理、企业理论、组织理论、会计审计、财务管理、运作管理、创新管理、创业管理、项目管理、服务管理、非营利组织管理、科技政策等领域实力很强，在这些领域可以关注与英国的合作机会；作为资源大国、在资源环境管理领域，加拿大、澳大利亚有很强的研究实力；在城镇与区域发展、图书情报（信息资源）管理、人力资源管理等领域，则呈现出美国、英国、加拿大、荷兰、西班牙、比利时、丹麦等多国领先机构并存且差距不大的局面，从而，在这些领域可以选择多样化和合作伙伴。

在加强与领先发达国家合作的同时，也应重视与发展中国家，特别是那些与我国面临相似问题，并且具有自身研究特色的发展中大国的合作，比如在农林经济管理领域重视与印度、菲律宾、泰国等农业和人口大国的合作。

从合作形式来看，应当鼓励国际合作与交流从一般性交流向实质性合作、特别是合作研究的转变。努力与国际基金组织实现更多正式合作协议，特别应当鼓励中外双方对等的合作研究，以中国学者为发起人或提议人的国际合作研究，以及邀请和支持国外学者来华进行合作研究。

5.3.2 国际合作与交流的总体布局与优先领域

根据学科合作需求（围绕实现学科战略发展目标的需求、寻找新学科生长点、推动中国科学家主导的重要国际合作计划等方面）、合作发展基础（如对方优势资源和能力、以往合作基础等）和主流与多样化结合三个维度选择优先合作领域，制定相应的国别政策，确认 5 个合作的优先领域，以及相应的优先合作的国家。

领域一：基于行为的复杂管理系统研究

优先合作方向：
- 管理中的个体和群体行为研究
- 具有行为复杂性的管理系统规律

优先合作国家：
美国、加拿大、英国和日本

领域二：新兴技术与服务经济中的管理

优先合作方向：
- 服务科学、工程与管理
- 服务性制造
- 电子商务和政务

优先合作国家：
美国、日本、英国和加拿大

领域三：公共政策科学

优先合作方向：

- 公共治理与规制的基础理论
- 领域（如气候、人口、教育）政策基础理论与政策原理研究
- 公共组织管理的基础理论与方法

优先合作国家：

英国、美国和比利时

领域四：区域与农村发展

优先合作方向：

- 贫困问题及其治理研究
- 区域（含城乡）发展与协调的理论与政策
- 城市化、城市扩张与城市管理变革
- 城乡土地利用与土地政策

优先合作国家：

美国、加拿、英国和日本

领域五：创新系统与科技政策

优先合作方向

- 创新系统绩效与创新能力评估
- 技术转移、技术学习与吸收能力关系研究
- 生物经济、生物技术创新与相关规制政策研究

优先合作国家：

英国、比利时和美国

第6章 "十二五"学科发展的保障措施

在坚持和发扬管理科学部在长期实践中总结出来的工作方针基础上，进一步探索和实施有效的措施和途径，在国家自然科学基金委员会的工作范围内，努力克服制约中国管理科学发展的不利因素，保障管理科学"十二五"战略目标的实现。

6.1 着重强调实践相关性

管理科学的实践驱动特性决定了很多管理科学知识的原始创新直接来源于对管理实践问题的抽象和提炼。管理科学部在评审和资助工作中将考虑建立"实践相关性"（relevant）评价指标，形成管理实践对管理科学研究的需求导向机制。从项目指南、申请受理、资助强度和资助比率、后评估中的项目成果评价指标体系等方面入手，利用多种方式引导科学家重视管理实践和国家重大需求，准确地从中国管理实践中凝练科学问题，在管理科学研究的科学问题与中国管理现实问题之间建立明确的"依存路径"；除了在项目指南和评审结果中加强导向性之外，还要积极与政府有关部门、国内外大型企业、重要研究机构建立联合资助机制，使申请和资助的项目更多地体现管理实践的需求，提高管理研究为实践服务和支撑的能力；建立应急项目的咨询专家平台，为立项选题、成果评审及报送提供专业支撑；以重大项目、重大研究计划和建议新设的"重点项目群"等重要项目类型为依托，建立项目管理的业界合作新机制，搭建学界和业界交流平台。

6.2　着重强调原创性高水平基础研究

知识的原创性是任何科学领域都最为关注的事情，对于管理科学也不例外。管理科学部将进一步明确"知识原创性"（original）评价指标在各类项目的申请评审、结题评估中的重要性。按照"更加侧重基础"的战略发展思想，通过学科发展的优先领域布局，运用指南引导国家自然科学基金面上项目的发展方向；积极推动主导和参加具有顶层设计的重大项目、重大研究计划的立项；根据管理科学基础研究的特殊性，在研究基础较好、有望形成特色或取得重要突破的优势领域尝试进行"重点项目群"的新资助形式。通过这些措施，努力促进管理科学在优势领域的基础理论和方法的研究和创新，促进具有"顶天立地"特色学科领域的原创性研究和标志性成果的繁荣，逐渐形成在国际上具有重要影响的优势领域。

6.3　着力推进基础设施建设

学科基础是基础研究实现自主创新、跨越发展的基础。管理科学的"基础设施"是基础研究的基础，也是当前管理科学发展的短板，需要给予更多关注和支持。管理科学的"基础设施"包括大量的基础性数据、资料、案例和理论研究文献、研究型的"数据库"、"案例库"等，也包括一些特殊的软件系统及专用的实验设备。"基础设施"的投入与保障是科学发展的必要条件，需要从"基础设施"源头上做起，为科学家的深入研究创造更好的服务平台，从而促进管理科学的原始创新和均衡整体发展。为此，管理科学部将进一步深化学科研究基础设施的建设工作，加快中国管理科学"基础设施"的建设步伐。目前已经在 2011 年开始启动以特殊"重点项目"的形式支持若干领域基础数据平台的建设，为管理科学研究提供支撑。进一步将完成管理科学"基础设施"的总体设计，建立一个多方资助、延续支持、资源开放、成果共享的基础平台运行机制。同时，考虑通过在项目评审和绩效评估方面建立"学科支撑性"（infrastructural）评价指标，推动学者在进行管理科学研究的同时，注重在常规项目中的开放性研究基础设施的积累和建设。

6.4 高度关注探索性、交叉性项目和人才类项目

杰出的人才队伍和具有独创性的研究思想是实现原始创新、形成有重要国际学术影响优势学科方向的根本。在管理科学部过去的"E 类项目"评审基础上，尝试采用独立的评价标准资助具有较大研究风险的"探索性"面上项目，探索对非共识的原始性、创新性研究工作的其他有效

支持方式；学习借鉴国际基金组织的经验，通过问题导向的方式，运用重点项目、重大项目、重大研究计划等已有资助模式以及尝试性的交叉学科的"合作研究网络（RCN）"形式，探索管理科学部内和学部间的交叉学科研究的资助模式及其创新，通过交叉学科推动管理科学发展的新兴生长点；在管理科学部多年后评估的基础上，探索和完善对青年基金和地区基金完成绩效突出的项目负责人给予恰当形式的"连续资助"的途径和机制；通过创新研究群体的前期引导和积极培育工作，吸引更多的群体参加竞争申报，提高申请质量；尝试运用多种项目类型的组合资助形式，使创新团队能够实现不断自我发展，逐步形成多个稳定的研究群体和研究方向。

6.5 强化顶层设计项目

具有顶层设计的重要项目类型往往是实现科学知识集成升华、跨越发展的重要途径。利用"十二五"期间国家自然科学基金经费大幅度增长、经费管理模式重新优化的机会，管理科学部将积极尝试并完善"重点项目群"资助模式；及时总结现有"重大研究计划"和"重大项目"的管理经验，探索适合管理科学基础研究的大型项目资助模式和管理方式；在优先领域的指导下，运用双清论坛、咨询委员会会议、学科评审会以及其他专家会议的多种形式，积极准备和培育"十二五"期间新的"重大研究计划"、"重大项目"、"重点项目群"，以及管理研究基础设施建设专门项目等大型科学研究计划的立项工作。通过顶层设计更多注重国家战略需求和管理技术发展前沿需求，更多地凝聚科学目标，形成多学科的协同攻关，实现知识创新的跨越发展。

6.6 积极争取经费的稳定增长

经费的增长是保证实现战略目标的重要条件。管理科学部应在稳定面上和重点项目的经费比例基础上，尊重管理科学研究的客观规律，针对学科内部领域的多样性需求。在现有资助模式以外，积极探索"重点项目群"的资助新模式，总结和不断完善"管理研究数据基础建设"项目的评审和管理规律，研究和探索具有非交叉学部特征的但需要大规模整体资助的重要管理科学问题。继续通过积极争取主导和参与新设重大研究计划、重大项目等，对适合这类资助形式的管理科学与其他学科交叉领域重大问题展开研究。努力通过这些措施保障管理科学资助经费投入的稳定增长，争取在"十二五"末使管理科学的资助率和资助强度接近自然科学基金资助项目的平均水平。

6.7 努力开创国际合作新局面

国际合作对于推动中国管理科学研究走向世界，实现"顶天立地"的目标具有重要的基础性作用。在"十二五"确定的国际合作优先领域框架下，管理科学部将进一步细化国别研究，根据不同国家在管理科学研究中的领先方向和中国管理科学发展的基础和现状，在年度指南中提出重点合作领域；提出有针对性和选择性的国际合作战略，在条件成熟时提出由中国管理科学家主导的大型多边国际合作项目；扩展与国际（基金）组织在管理科学领域的专项协议性项目，积极寻找在国家自然科学基金委员会现有国际合作框架协议下增加管理科学领域的可能性和机会，争取在与 IIASA 等有突出管理特点的国际机构合作方面有新的突破；持续重点资助在中国举办的、具有重要国际学术影响力的系列国际会议。通过这些措施将促进中国管理科学在自己的特色领域和别国的领先方向之间实现实质性合作研究，产生实质性合作成果，使国际合作真正成为进一步推动中国管理科学跻身国际前沿的推动力，进而实现在 2020 年前在国际上形成中国管理科学若干优势领域的战略发展目标。

主要参考文献

[1] 国家自然科学基金委员会管理科学部．管理科学发展战略——暨管理科学"十一五"优先资助领域［M］．北京：科学出版社，2006.

[2] 陈宜瑜．深刻认识现代基础研究发展的规律［J］．中国科学院院刊，2006，2(12)：91.

[3] 刘作仪，查勇．行为运作管理：一个正在显现的研究领域［J］．管理科学学报，2009，12(4)：64-74.

[4] 谭力文．论管理学的普适性及其构建［J］．管理学报，2009，6(3)：285-290.

[5] 李曙华．当代科学的规范转换——从还原论到生成整体论［J］．哲学研究，2006，(11)：89-94.

[6] 金吾伦，蔡仑．对整体论的新认识［J］．中国人民大学学报，2007，(3)：2-9.

[7] 成思危．试论科学的融合［J］．自然辩证法研究，1998，14(1)：1-6.

[8] 汪应洛．当代中国管理科学与工程的学科发展与创新［J］．管理学报，2005，2(1)：1-3.

[9] 刘涛，陈省平，罗轶．大科学研究的现状及其发展趋势［J］．科技进步与对策，2005，25(1)：5-7.

[10] 陈晓田，余振，刘作仪等．国家自然科学基金委员会管理科学部1999—2008一般类项目资助情况统计分析［J］．中国软科学，2009，(8)：69-76.

[11] 杨列勋，吴从新．管理科学基金项目申请增长情况与原因分析［J］．管理科学学报，2007，10(6)：86-94.

[12] 陈晓田．科学基金与管理科学［J］．中国科学基金，2006，(4)：241-243.

[13] 徐伟宣，李建平．我国管理科学与工程学科的新进展［J］．中国科学院院刊，2008，23(2)：162-167.

[14] 张玲玲，刘作仪，李若筠等．我国管理科学与工程学科的发展现状与趋势——基于专家调查问卷的分析［J］．公共管理学报，2006，3(1)：99-106，112.

[15] 马晓军．近年来我国管理学研究进展分析［J］．管理学报，2009，6(3)：291-293.